U0083591

中國語言文字研究輯刊

二六編

第 **14** 冊

原始鹽城方言音韻系統擬測及
相關問題之研究(下)

李天群 著

花木蘭文化事業有限公司

國家圖書館出版品預行編目資料

原始鹽城方言音韻系統擬測及相關問題之研究（下）／李天群
著 -- 初版 -- 新北市：花木蘭文化事業有限公司，2024〔民
113〕
目 14+148 面；21×29.7 公分
（中國語言文字研究輯刊　二六編；第 14 冊）
ISBN 978-626-344-610-6（精裝）
1.CST：比較方言學　2.CST：聲韻
802.08　　　　　　　　　　　　　　　　112022491

ISBN-978-626-344-610-6

中國語言文字研究輯刊
二六編　　第十四冊　　　　　　ISBN：978-626-344-610-6

原始鹽城方言音韻系統擬測及
相關問題之研究（下）

作　　者　李天群
總 編 輯　杜潔祥
副總編輯　楊嘉樂
編輯主任　許郁翎
編　　輯　潘玟靜、蔡正宣　美術編輯　陳逸婷
出　　版　花木蘭文化事業有限公司
發 行 人　高小娟
聯絡地址　235 新北市中和區中安街七二號十三樓
　　　　　電話：02-2923-1455／傳真：02-2923-1452
網　　址　http://www.huamulan.tw 信箱 service@huamulans.com
印　　刷　普羅文化出版廣告事業
初　　版　2024 年 3 月
定　　價　二六編 16 冊（精裝）新台幣 55,000 元　　版權所有・請勿翻印

原始鹽城方言音韻系統擬測及相關問題之研究（下）

李天群　著

目

次

下　冊

表次

第 4 章　從歷史語料看鹽城方言的聲母演變

第 4 章至第 6 章是原始鹽城方言的音韻比較，乃從音韻的角度，進行原始鹽城方言音韻特徵探析與歷時比較，討論原始鹽城方言與中古《切韻》架構、近代音時期《中原音韻》、《西儒耳目資》的關係，亦進一步驗證原始鹽城方言音韻系統的構擬情形是否妥適。

關於以下第 4 章至第 6 章「原始鹽城方言」一欄的相關例字之早期形式，即以現代鹽城方言之語音為基礎，透過第 3 章〈原始鹽城方言音韻系統擬測〉的各種同源詞比較擬測而來。

第 4 章為〈從歷史語料看鹽城方言的聲母演變〉，主要分析原始鹽城方言的聲母特徵及歷時比較。具體內容為：4.1 濁音清化；4.2 唇音分化與非敷奉合流；4.3 微母字的演變；4.4 泥來母對立；4.5 日母字的演變；4.6 知照合流；4.7 見精組分化；4.8 疑母字的演變；4.9 影母字的演變；4.10 于母字的零聲母化；4.11 聲母的文白異讀，亦即分為十一部分來呈現。

4.1　濁音清化

「濁音清化」係中古《切韻》架構的平聲字，會根據聲母的清濁，「全濁」聲母消失，變成「清」聲母字，即去帶音化（devoicing）。丁邦新（1998：221）

認為，「這種演變是目前絕大部分官話區的共同現象，目前所見文獻中最早的紀錄是邵雍（1011～1077）所作的《皇極經世書》中的聲音唱和圖。」

簡單而言，濁音清化後的原始鹽城方言系統會發生：

1. 全濁平聲→清送氣；

2. 全濁仄聲→清不送氣。

以下分項討論濁塞音、濁擦音、濁塞擦音、濁擦音的「濁音清化」情形。

4.1.1 濁塞音（並母、定母、群母）→清塞音

濁塞音有並母、定母、群母，以下依序進行論述。

4.1.1.1 並母

首先，以中古架構的「果攝合口一等戈韻幫系字」為例：

表 103　果攝合口一等戈韻幫系字舉例

| 例　字 | 中　古 | 《中原音韻》 | | 《西儒耳目資》 | 原始鹽城方言 |
		韻　母	擬　音		
「波」	果合一幫平	歌戈韻	puɔ陰平	po1	*põ1
「頗」、「坡」	果合一滂平	歌戈韻	pʰuɔ陰平	pʰo1	*pʰõ1
「玻」	果合一滂平	歌戈韻	puɔ陰平	pʰo1	*põ1
「婆」	果合一並平	歌戈韻	pʰuɔ陽平	**pʰo2**	*pʰõ2
「魔」、「摩」	果合一明平	歌戈韻	muɔ陽平	mo2	*mõ2

從上表來看，「婆」字為並母果合一平聲，為「全濁」聲母之字，在原始鹽城方言讀為*pʰõ2，在《中原音韻》讀為pʰuɔ陽平，在《西儒耳目資》標記為pʰo2。可見聲母在中古架構下的並母 bʰ，原始鹽城方言、《中原音韻》、《西儒耳目資》已經清化為送氣的 pʰ，與滂母果合一平聲的「頗」、「坡」字聲母相同。

再以中古架構的「山攝開口四等銑韻幫系字」為例：

表 104　山攝開口四等銑韻幫系字舉例

| 例　字 | 中　古 | 《中原音韻》 | | 《西儒耳目資》 | 原始鹽城方言 |
		韻　母	擬　音		
「扁」、「匾」	山開四幫上	先天韻	piɛn 上聲	pien3	*piĩ3
「辮」	山開四並上	先天韻	**p**iɛn 去聲	**pien3**	*piĩ5

從上表來看，「辮」字為並母山開四上聲，為「全濁」聲母之字，在原始鹽城方言讀為*piɛ5，在《中原音韻》讀為 piɛn 去聲，在《西儒耳目資》標記為 pien3。可見聲母在中古架構下的並母 bʰ，原始鹽城方言、《中原音韻》、《西儒耳目資》已經清化為不送氣的 p，與幫母山開四上聲的「扁」、「匾」字聲母相同。

再以中古架構的「山攝開口二等襇韻幫系字」為例：

表 105　山攝開口二等襇韻幫系字舉例

例　字	中　古	《中原音韻》		《西儒耳目資》	原始鹽城方言
		韻　母	擬　音		
「扮」	山開二幫去	寒山韻	puan 去聲	-	*pæ5
「盼」	山開二滂去	寒山韻	pʰuan 去聲	pʰan5	*pʰæ1
「瓣」、「辦」	山開二並去	寒山韻	puan 去聲	pan5	*pæ5

從上表來看，「瓣」、「辦」字為並母山開二去聲，為「全濁」聲母之字，在原始鹽城方言讀為*pæ5，在《中原音韻》讀為 puan 去聲，在《西儒耳目資》標記為 pan5。可見聲母在中古架構下的並母 bʰ，原始鹽城方言、《中原音韻》、《西儒耳目資》已經清化為不送氣的 p，與幫母山開二去聲的「扮」字聲母相同。

再以中古架構的「宕攝開口一等鐸韻幫系字」為例：

表 106　宕攝開口一等鐸韻幫系字舉例

例　字	中　古	《中原音韻》		《西儒耳目資》	原始鹽城方言
		韻　母	擬　音		
「博」	宕開一幫入	蕭豪韻	puɪ 入聲作上聲	po7	*paʔ7
「泊」	宕開一滂入	蕭豪韻	pɑu 入聲作平聲	po7	*pɔʔ7
「薄」	宕開一並入	蕭豪韻	pɑu 入聲作平聲	po7	*paʔ7
「莫」、「幕」、「寞」	宕開一明入	蕭豪韻	mɑu 入聲作去聲	mo7	*maʔ7

從上表來看，「薄」字為並母宕開一入聲，為「全濁」聲母之字，在原始鹽城方言讀為*paʔ7，在《中原音韻》讀為 pɑu 入聲作平聲，在《西儒耳目資》標記為 po7。可見聲母在中古架構下的並母 bʰ，原始鹽城方言、《中原音韻》、《西儒耳目資》已經清化為不送氣的 p，與幫母宕開一入聲的「博」字聲母相同。

並母在中古架構下，董同龢擬音作 bʰ，對應原始鹽城方言及《中原音韻》、

《西儒耳目資》，則會有：中古並母仄聲清化且不送氣為 p；中古並母平聲清化且送氣為 pʰ。

4.1.1.2　定母

首先，以中古架構的「果攝開口一等歌韻端系字」為例：

表 107　果攝開口一等歌韻端系字舉例

例　字	中　古	《中原音韻》		《西儒耳目資》	原始鹽城方言
		韻　母	擬　音		
「多」	果開一端平	歌戈韻	tuɔ陰平	to1	*tõ1
「拖」	果開一透平	歌戈韻	tʰuɔ陰平	tʰo1	*tʰõ1
「他」	果開一透平	歌戈韻	tʰuɔ陰平	tʰa1	*tʰõ1
「駝」、「馱」	果開一定平	歌戈韻	tʰuɔ陽平	tʰo2	*tʰõ2

從上表來看，「駝」字、「馱」字為定母果開一平聲，為「全濁」聲母之字，在原始鹽城方言讀為 tʰo2，在《中原音韻》讀為 tʰuɔ陽平，在《西儒耳目資》標記為 tʰo2。可見聲母在中古架構下的定母 dʰ，原始鹽城方言、《中原音韻》、《西儒耳目資》已經清化為送氣的 tʰ，與透母果開一平聲的「拖」、「他」字聲母相同。

再以中古架構的「果攝合口一等果韻端系字」為例：

表 108　果攝合口一等果韻端系字舉例

例　字	中　古	《中原音韻》		《西儒耳目資》	原始鹽城方言
		韻　母	擬　音		
「朵」	果合一端上	歌戈韻	tuɔ上聲	to3	*tõ3
「妥」、「橢」	果合一透上	歌戈韻	tʰuɔ上聲	tʰo3	*tʰõ3
「惰」	果合一定上	歌戈韻	tuɔ去聲	tʰo3 / to5	*tõ5

從上表來看，「惰」字為定母果合一上聲，為「全濁」聲母之字，在原始鹽城方言讀為 *tõ5，在《中原音韻》讀為 tuɔ陽平，在《西儒耳目資》標記為 to5。可見聲母在中古架構下的定母 dʰ，原始鹽城方言、《中原音韻》、《西儒耳目資》已經清化為不送氣的 t，與端母果合一上聲的「朵」字聲母相同。

再以中古架構的「蟹攝合口一等隊韻端系字」為例：

表 109　蟹攝合口一等隊韻端系字舉例

例　字	中　古	《中原音韻》		《西儒耳目資》	原始鹽城方言
		韻　母	擬　音		
「對」、「碓」	蟹合一端去	齊微韻	tui 去聲	tui5	*tiĩ5
「退」	蟹合一透去	齊微韻	tʰui 去聲	tʰui5	*tʰiĩ5
「隊」	蟹合一定去	齊微韻	tui 去聲	tui5	*tiĩ5

從上表來看，「隊」字為定母蟹合一去聲，為「全濁」聲母之字，在原始鹽城方言讀為*tiĩ5，在《中原音韻》讀為 tui 去聲，在《西儒耳目資》標記為 tui5。可見聲母在中古架構下的定母 dʰ，原始鹽城方言、《中原音韻》、《西儒耳目資》已經清化為不送氣的 t，與端母蟹合一去聲的「對」、「碓」字聲母相同。

再以中古架構的「山攝合口一等末韻端系字」為例：

表 110　山攝合口一等末韻端系字舉例

例　字	中　古	《中原音韻》		《西儒耳目資》	原始鹽城方言
		韻　母	擬　音		
「掇」	山合一入端	歌戈韻	tuɔ 入聲作上聲	to7	*toʔ7
「脫」	山合一入透	歌戈韻	tʰuɔ 入聲作上聲	tʰo7	*tʰoʔ7
「奪」	山合一入定	歌戈韻	tuɔ 入聲作平聲	to7	*toʔ7

從上表來看，「奪」字為定母山合一入聲，為「全濁」聲母之字，在原始鹽城方言讀為*toʔ7，在《中原音韻》讀為 tuɔ 入聲作平聲，在《西儒耳目資》標記為 to7。可見聲母在中古架構下的定母 dʰ，原始鹽城方言、《中原音韻》、《西儒耳目資》已經清化為不送氣的 t，與端母山合一入聲的「掇」字聲母相同。

定母在中古架構下，董同龢擬音作 dʰ，對應原始鹽城方言，則會有：中古定母仄聲清化且不送氣為 t；中古定母平聲清化且送氣為 tʰ。

4.1.1.3　群母

首先，以中古架構的「宕攝合口三等陽韻見系字」為例：

表 111　宕攝合口三等陽韻見系字舉例

例　字	中　古	《中原音韻》		《西儒耳目資》	原始鹽城方言
		韻　母	擬　音		
「匡」、「眶」、「筐」	宕合三溪平	江陽韻	kʰuaŋ 陰平	kʰuam1	*kʰuã1
「狂」	宕合三群平	江陽韻	kʰuaŋ 陽平	kʰuam2	*kʰuã2

從上表來看，「狂」字為群母宕合三平聲，為「全濁」聲母之字，在原始鹽城方言讀為*k^{h}uaŋ2，在《中原音韻》讀為 k^{h}uaŋ 陽平，在《西儒耳目資》標記為 k^{h}uam2。可見聲母在中古架構下的群母 g^h，原始鹽城方言、《中原音韻》、《西儒耳目資》已經清化為送氣的 k^h，與溪母宕合三平聲的「匡」、「眶」、「筐」字聲母相同。

再以中古架構的「通攝合口三等用韻見系字」為例：

表 112　通攝合口三等用韻見系字舉例

例　字	中　古	《中原音韻》		《西儒耳目資》	原始鹽城方言
		韻　母	擬　音		
「供」	通合三見去	東鍾韻	kɔŋ 陰平 / kɔŋ 去聲	kum5	*kɔŋ5
「共」	通合三群去	東鍾韻	kɔŋ 去聲	kum5	*kɔŋ5

從上表來看，「共」字為群母通合三去聲，為「全濁」聲母之字，在原始鹽城方言讀為*kɔŋ5，在《中原音韻》讀為 kɔŋ 去聲，在《西儒耳目資》標記為 kum5。可見聲母在中古架構下的群母 g^h，已經原始鹽城方言、《中原音韻》、《西儒耳目資》清化為不送氣的 k，與見母通合三去聲的「供」字聲母相同。

群母在中古架構下，董同龢擬音作 g^h，對應原始鹽城方言，則會有：中古群母仄聲清化且不送氣為 k；中古群母平聲清化且送氣為 k^h。

4.1.1.4　小結

由上述中古《切韻》架構與原始鹽城方言、《中原音韻》、《西儒耳目資》的比較，「濁音清化」中濁塞音（並母、定母、群母）演變為清塞音的情形有：

1. 並仄→p；並平→p^h。

2. 定仄→t；定平→t^h。

3. 群仄→k；群平→k^h。

4.1.2　濁塞音（澄母）→正齒音

濁塞音另有澄母，以下進行論述。

首先，以中古架構的「梗攝開口二等庚韻知系字」為例：

表 113　梗攝開口二等庚韻知系字舉例

例　字	中　古	《中原音韻》		《西儒耳目資》	原始鹽城方言
		韻　母	擬　音		
「撐」	梗開二徹平	庚青韻	tʂʰəŋ 陰平	chem1	*tsʰən1
「澄」	梗開二澄平	庚青韻	tʂʰiəŋ 陽平	chʰim2	*tsʰən2

從上表來看，「澄」字為澄母梗開二平聲，為「全濁」聲母之字，在原始鹽城方言讀為*tsʰən2，在《中原音韻》讀為 tʂʰiəŋ 陽平，在《西儒耳目資》標記為chʰim2，聲母確切國際音標為 tʂʰ。可見聲母在中古架構下的澄母 dʰ，原始鹽城方言已經清化為送氣的 tsʰ，《中原音韻》、《西儒耳目資》已經清化為不送氣的 tʂ，與徹母梗開二平聲的「撐」字聲母相同。

再以中古架構的「流攝開口三等有韻知系字」為例：

表 114　流攝開口三等有韻知系字舉例

例　字	中　古	《中原音韻》		《西儒耳目資》	原始鹽城方言
		韻　母	擬　音		
「肘」	流開三知上	尤侯韻	tʂiəu 上聲	cheu3	*tsɤɯ3
「丑」	流開三徹上	尤侯韻	tʂʰiəu 上聲	chʰeu3	*tsʰɤɯ3
「紂」	流開三澄上	尤侯韻	tʂiəu 去聲	cheu5	*tsɤɯ5

從上表來看，「紂」字為澄母流開三上聲，為「全濁」聲母之字，在原始鹽城方言讀為*tsɤɯ5，在《中原音韻》讀為 tʂiəu 去聲，在《西儒耳目資》標記為 cheu5，聲母確切國際音標為 tʂ。可見聲母在中古架構下的澄母 dʰ，原始鹽城方言已經清化為不送氣的 ts，《中原音韻》、《西儒耳目資》已經清化為不送氣的 tʂ，與知母流開三上聲的「肘」字聲母相同。

再以中古架構的「流攝開口三等宥韻知系字」為例：

表 115　流攝開口三等宥韻知系字舉例

例　字	中　古	《中原音韻》		《西儒耳目資》	原始鹽城方言
		韻　母	擬　音		
「晝」	流開三知去	尤侯韻	tʂiəu 去聲	cheu5	*tsɤɯ5
「宙」	流開三澄去	尤侯韻	tʂiəu 去聲	cheu5	*tsɤɯ5

從上表來看，「宙」字為澄母流開三去聲，為「全濁」聲母之字，在原始鹽城方

言讀為*tsɤɯ5，在《中原音韻》讀為tʂiəu 去聲，在《西儒耳目資》標記為cheu5，聲母確切國際音標為tʂ。可見聲母在中古架構下的澄母 dʰ，原始鹽城方言已經清化為不送氣的 ts，《中原音韻》、《西儒耳目資》已經清化為不送氣的 tʂ，與知母流開三去聲的「晝」字聲母相同。

於外，以中古架構的「山攝開口三等薛韻知系字」為例：

表 116　山攝開口三等薛韻知系字舉例

例　字	中　古	《中原音韻》		《西儒耳目資》	原始鹽城方言
		韻　母	擬　音		
「哲」、「蜇」	山開三知入	車遮韻	tʂiɛ入聲作上聲	che7	*tsiɪʔ7
「撤」、「徹」	山開三徹入	車遮韻	tʂʰiɛ入聲作上聲	chʰe7	*tsʰiɪʔ7
「轍」	山開三澄入	車遮韻	tʂʰiɛ入聲作上聲	**che7**	***tsiɪʔ7**

從上表來看，「轍」字為澄母山開三入聲，為「全濁」聲母之字，在原始鹽城方言讀為*tsiɪʔ7，在《中原音韻》讀為 tʂʰiɛ入聲作上聲，在《西儒耳目資》標記為 che7，聲母確切國際音標為 tʂ。可見聲母在中古架構下的澄母 dʰ，原始鹽城方言已經清化為不送氣的 ts，《西儒耳目資》已經清化為不送氣的 tʂ，與知母山開三入聲的「哲」、「蜇」字聲母相同，然而，《中原音韻》卻讀為 tʂʰ，與徹母山開三入聲的「撤」、「徹」字聲母相同。本論文以為，「轍」在三筆資料中分有兩個走向；一是《西儒耳目資》及原始鹽城方言，澄母山開三入聲的「轍」（直列切）依據入派三聲中「全濁入聲字變為陽平」為原則，維持清化為不送氣的聲母，現在讀為 zhé（ㄓㄜˊ），即「沒轍」、「合轍」、「十三轍」之「轍」；二是《中原音韻》，澄母山開三入聲的「轍」恐因其字形的中間與右邊部首與「撤」、「徹」相同，造成「轍」的語音替換為「撤」、「徹」之音，在發生「入聲作上聲」之後，又發生「濁上變去」，致使「轍」與「撤」、「徹」同音，現在皆讀為 chè（ㄔㄜˋ），即「車轍」、「重蹈覆轍」、「如出一轍」之「轍」。

澄母在中古架構下，董同龢擬音作 dʰ，對應原始鹽城方言，則會有：中古澄母仄聲清化且不送氣為 ts；中古澄母平聲清化且送氣為 tsʰ。往後則會有顎化現象。

由上述中古《切韻》架構與原始鹽城方言的比較，「濁音清化」中濁塞音（澄母）演變為正齒音的情形為：

澄仄→ts；澄平→tsʰ。

4.1.3　濁塞擦音（從母）→清塞擦音

濁塞擦音有從母，以下進行論述。

首先，以中古架構的「通攝合口一等精系字」為例：

表 117　通攝合口一等精系字舉例

| 例　字 | 中　古 | 《中原音韻》 | | 《西儒耳目資》 | 原始鹽城方言 |
		韻　母	擬　音		
「鬆」	通合一精平	東鍾韻	tsuŋ 陰平	-	*tsɔŋ1
「聰」、「忽」、「蔥」、「囪」	通合一清平	東鍾韻	tsʰuŋ 陰平	cʰum1	*tsʰɔŋ1
「叢」	通合一從平	庚青韻	tsʰuŋ 陽平	cʰum2	*tsʰɔŋ2

從上表來看，「叢」字為從母通合一平聲，為「全濁」聲母之字，在原始鹽城方言讀為*tsʰɔŋ2，在《中原音韻》讀為 tsʰuŋ 陽平，在《西儒耳目資》標記為cʰum2，聲母確切國際音標為 tsʰ。可見聲母在中古架構下的從母 dzʰ，原始鹽城方言、《中原音韻》、《西儒耳目資》已經清化為送氣的 tsʰ，與清母通合一平聲的「聰」、「忽」、「蔥」、「囪」字聲母相同。

再以中古架構的「效攝開口一等晧韻精系字」為例：

表 118　效攝開口一等晧韻精系字舉例

| 例　字 | 中　古 | 《中原音韻》 | | 《西儒耳目資》 | 原始鹽城方言 |
		韻　母	擬　音		
「早」、「棗」、「蚤」、「澡」	效開一精上	蕭豪韻	tsau 上聲	cao3	*tsɔ3
「騲」、「草」	效開一清上	蕭豪韻	tsʰau 上聲	cʰao3	*tsʰɔ3
「皂」	效開一從上	蕭豪韻	tsau 去聲	cao3	*tsɔ5
「掃」、「嫂」	效開一心上	蕭豪韻	sau 上聲	sao3	*sɔ3

從上表來看，「皂」字為從母效開一上聲，為「全濁」聲母之字，在原始鹽城方言讀為*tsɔ5，在《中原音韻》讀為 tsau 去聲，在《西儒耳目資》標記為cao3，聲母確切國際音標為 ts。可見聲母在中古架構下的從母 dzʰ，原始鹽城方言、《中原音韻》、《西儒耳目資》已經清化為不送氣的 ts，與端母效開一上聲的「早」、「棗」、「蚤」、「澡」字聲母相同。

再以中古架構的「宕攝開口一等宕韻精系字」為例：

表 119　宕攝開口一等宕韻精系字舉例

例　字	中　古	《中原音韻》		《西儒耳目資》	原始鹽城方言
		韻　母	擬　音		
「葬」	宕開一精去	江陽韻	tsaŋ 去聲	cam5	*tsã5
「臟」	宕開一從去	江陽韻	tsaŋ 去聲	cam5	*tsã5

從上表來看，「臟」字為從母宕開一去聲，為「全濁」聲母之字，在原始鹽城方言讀為*tsã5，在《中原音韻》讀為 tsaŋ 去聲，在《西儒耳目資》標記為 cam5，聲母確切國際音標為 ts。可見聲母在中古架構下的從母 dzʰ，原始鹽城方言、《中原音韻》、《西儒耳目資》已經清化為不送氣的 ts，與從母宕開一去聲的「葬」字聲母相同。

再以中古架構的「曾攝開口一等德韻精系字」為例：

表 120　曾攝開口一等德韻精系字舉例

例　字	中　古	《中原音韻》		《西儒耳目資》	原始鹽城方言
		韻　母	擬　音		
「則」	曾開一精入	皆來韻	tsai 入聲作上聲	ce7	*tsəʔ7
「賊」	曾開一從入	齊微韻	tsei 入聲作平聲	ce7	*tsəʔ7

從上表來看，「賊」字為從母曾開一入聲，為「全濁」聲母之字，在原始鹽城方言白讀音讀為*tsəʔ7，在《中原音韻》讀為 tsei 入聲作平聲，在《西儒耳目資》標記為 ce7，聲母確切國際音標為 ts。可見聲母在中古架構下的從母 dzʰ，原始鹽城方言、《中原音韻》、《西儒耳目資》已經清化為不送氣的 ts，與精母曾開一入聲的「則」字聲母相同。

從母在中古架構下，董同龢擬音作 dzʰ，對應原始鹽城方言、《中原音韻》、《西儒耳目資》，則會有：中古從母仄聲清化且不送氣為 ts；中古從母平聲清化且送氣為 tsʰ。由上述中古《切韻》架構與原始鹽城方言、《中原音韻》、《西儒耳目資》的比較，「濁音清化」中濁塞擦音演變為清塞擦音的情形為：

　　　　從仄→ts；從平→tsʰ。

4.1.4　濁塞擦音（牀母）→清塞擦音、清擦音

濁塞擦音另有牀母，若為四十聲類，牀母則分有崇母及船母。為明析其間之關係，以下將二者進行分述。

4.1.4.1　崇母

首先，以中古架構的「遇攝開口三等魚韻莊系字」為例：

表 121　遇攝開口三等魚韻莊系字舉例

例　字	中　古	《中原音韻》		《西儒耳目資》	原始鹽城方言
		韻　母	擬　音		
「初」	遇開三初平	魚模韻	tʂʰu 陰平	cʰu1	*tsʰɔu1
「鋤」	遇開三崇平	魚模韻	tʂʰu 陽平	**cʰu2**	***tsʰɔu2**
「梳」、「蔬」	遇開三生平	魚模韻	ʂu 陰平	su1	*sɔu1

從上表來看，「鋤」字為崇母遇開三平聲，為「全濁」聲母之字，在原始鹽城方言讀為*tsʰɔu2，在《中原音韻》讀為 tʂʰu 陽平，在《西儒耳目資》標記為cʰu2，聲母確切國際音標為 tsʰ。可見聲母在中古架構下的崇母 dʒʰ，原始鹽城方言、《西儒耳目資》已經清化為送氣的 tsʰ，《中原音韻》已經清化為送氣的 tʂʰ，與初母遇開三平聲的「初」字聲母相同。

再以中古架構的「流攝開口三等宥韻莊系字」為例：

表 122　流攝開口三等宥韻莊系字舉例

例　字	中　古	《中原音韻》		《西儒耳目資》	原始鹽城方言
		韻　母	擬　音		
「皺」、「縐」	流開三莊去	尤侯韻	tʂəu 去聲	ceu5	*tsɤɯ5
「驟」	流開三崇去	尤侯韻	tʂəu 去聲	ceu5	*tsɤɯ5
「瘦」	流開三生去	尤侯韻	ʂəu 去聲	seu5	*sɤɯ5
「漱」	流開三生去	尤侯韻	səu 去聲	seu5	*sɔu5

從上表來看，「驟」字為崇母流開三去聲，為「全濁」聲母之字，在原始鹽城方言讀為*tsɤɯ5，在《中原音韻》讀為 tʂəu 去聲，在《西儒耳目資》標記為ceu5。可見聲母在中古架構下的崇母 dʒʰ，原始鹽城方言、《西儒耳目資》已經變為 ts，《中原音韻》已經清化為不送氣的 tʂ，與莊母流開三去聲的「皺」、「縐」字聲母相同。

4.1.4.2　船母

首先，以中古架構的「假攝開口三等麻韻章系字」為例：

表 123　假攝開口三等麻韻章系字舉例

例　字	中　古	《中原音韻》		《西儒耳目資》	原始鹽城方言
		韻　母	擬　音		
「車」	假開三昌平	車遮韻	tʂʰiɛ陰平	chhe1	*tsʰiĩ1
「蛇」	假開三船平	車遮韻	ʂiɛ陽平	xe2	*sɒ2
「奢」、「賒」	假開三書平	車遮韻	ʂiɛ陰平	xe1	*siĩ1
「佘」	假開三禪平	車遮韻	ʂiɛ陽平	xe2	*siĩ2

從上表來看，「蛇」字為船母假開三平聲，為「全濁」聲母之字，在原始鹽城方言讀為*sɒ2，在《中原音韻》讀為ʂiɛ陽平，在《西儒耳目資》標記為 xe2，聲母確切國際音標為ʂ。可見聲母在中古架構下的船母ʥʰ，原始鹽城方言已經變為 s，《中原音韻》、《西儒耳目資》已經變為ʂ，與書母假開三平聲的「奢」字、「賒」字及禪母假開三平聲的「佘」字聲母相同。

　　再以中古架構的「深攝開口三等寢韻章系字」為例：

表 124　深攝開口三等寢韻章系字舉例

例　字	中　古	《中原音韻》		《西儒耳目資》	原始鹽城方言
		韻　母	擬　音		
「枕」	深開三章上	侵尋韻	tʂiəm 上聲	chin3	*tsən3
「甚」	深開三船上	侵尋韻	tʂiəm 陰平	xin3	*sən5
「沈」、「審」、「嬸」	深開三書上	侵尋韻	ʂiəm 上聲	xin3	*sən3

從上表來看，「甚」字為船母深開三上聲，為「全濁」聲母之字，在原始鹽城方言讀為*sən5，在《中原音韻》讀為 tʂiəm 陰平，在《西儒耳目資》標記為 xin3，聲母確切國際音標為ʂ。可見聲母在中古架構下的船母ʥʰ，原始鹽城方言已經變為 s，《中原音韻》已經變為 tʂ，《西儒耳目資》已經變為ʂ，與書母深開三上聲的「沈」、「審」、「嬸」字聲母相同。

　　再以中古架構的「止攝開口三等至韻章系字」為例：

表 125　止攝開口三等至韻章系字舉例

例　字	中　古	《中原音韻》		《西儒耳目資》	原始鹽城方言
		韻　母	擬　音		
「至」	止開三章去	支思韻	tʂï 去聲	chi5	*tsʅ5
「示」	止開三船去	支思韻	ʂï 去聲	xi5	*sʅ5
「視」、「嗜」	止開三禪去	支思韻	ʂï 去聲	xi5	*sʅ5

從上表來看，「示」字為船母止開三去聲，為「全濁」聲母之字，在原始鹽城方言讀為*ʂɿ5，在《中原音韻》讀為ʂi去聲，在《西儒耳目資》標記為 xi5，聲母確切國際音標為ʂ。可見聲母在中古架構下的船母dʑʰ，原始鹽城方言已經變為 s，《中原音韻》、《西儒耳目資》已經變為ʂ，與禪母止開三去聲的「視」、「嗜」字聲母相同。

再以中古架構的「山攝開口三等薛韻章系字」為例：

表 126　山攝開口三等薛韻章系字舉例

| 例　字 | 中　古 | 《中原音韻》 | | 《西儒耳目資》 | 原始鹽城方言 |
		韻　母	擬　音		
「折」、「浙」	山開三章入	車遮韻	tʂiɛ入聲作上聲	che7	*tsiɿʔ7
「舌」	山開三船入	車遮韻	ʂiɛ入聲作平聲	**xe7**	*siɿʔ7
「設」	山開三書入	車遮韻	ʂiɛ入聲作上聲	xe7	*siɿʔ7
「折」	山開三禪入	車遮韻	ʂiɛ入聲作平聲	xe7	*siɿʔ7

從上表來看，「舌」字為船母山開三入聲，為「全濁」聲母之字，在原始鹽城方言讀為*siɿʔ7，在《中原音韻》讀為ʂiɛ入聲作平聲，在《西儒耳目資》標記為 xe7，聲母確切國際音標為ʂ。可見聲母在中古架構下的船母dʑʰ，原始鹽城方言已經變為 s，《中原音韻》、《西儒耳目資》已經變為ʂ，與書母山開三入聲的「設」字及禪母山開三入聲的「折」字聲母相同。

牀母在中古架構下，董同龢擬音作 dʒʰ及dʑʰ，對應原始鹽城方言，則會有：中古牀母仄聲清化且變為不送氣 ts；中古牀母平聲清化且變為送氣 tsʰ；另外某些牀母則變為 s。由上述中古《切韻》架構與原始鹽城方言的比較，「濁音清化」中濁塞擦音演變為清塞擦音的情形為：

牀仄部分→ts；牀平部分→tsʰ；牀部分→s。

4.1.5　濁擦音（禪母）→清塞擦音、清擦音

濁擦音的禪母，從中古《切韻》架構到原始鹽城方言的作動較為複雜，大部分的禪母會變作 s，少部分會變作 ts 或 tsʰ，以下進行討論。

首先，中古禪母在原始鹽城方言聲母多讀為 s，不過，依然有相關例外者。

以中古架構的「流攝開口三等尤韻章系字」為例：

表 127　流攝開口三等尤韻章系字舉例

例　字	中　古	《中原音韻》		《西儒耳目資》	原始鹽城方言
		韻　母	擬　音		
「周」、「舟」、「州」、「洲」	流開三章平	尤侯韻	tʂieu 陰平	cheu1	*tsɤɯ1
「收」	流開三書平	尤侯韻	ʂieu 陰平	xeu1	*sɤɯ1
「仇」、「酬」	流開三禪平	尤侯韻	tʂʰieu 陽平	**chʰeu2**	**tsʰɤɯ2**

從上表來看，「仇」、「酬」字為禪母流開三平聲，為「全濁」聲母之字，在原始鹽城方言讀為*tsʰɤɯ2，在《中原音韻》讀為 tʂʰieu 陽平，在《西儒耳目資》標記為 chʰeu2，聲母確切國際音標為 tʂʰ。可見聲母在中古架構下的禪母ʑ，原始鹽城方言已經變為 tsʰ，《中原音韻》、《西儒耳目資》已經變為 tʂʰ。

再以中古架構的「止攝開口三等支韻章系字」為例：

表 128　止攝開口三等支韻章系字舉例

例　字	中　古	《中原音韻》		《西儒耳目資》	原始鹽城方言
		韻　母	擬　音		
「支」、「枝」、「肢」、「梔」	止開三章平	支思韻	tʂ ï 陰平	chi1	*tsʐ1
「眵」	止開三昌平	支思韻	tʂʰ ï 陰平	chʰi1	*tsʰʐ1
「施」	止開三書平	支思韻	ʂï 陰平	xi1	*sʐ1
「匙」	止開三禪平	支思韻	ʂï 陽平	**xi2**	**tsʰʐ2**

從上表來看，「匙」字為禪母止開三平聲，為「全濁」聲母之字，在原始鹽城方言讀為*tsʰʐ2，在《中原音韻》讀為ʂï 陽平，在《西儒耳目資》標記為 xi2，聲母確切國際音標為ʂ。可見聲母在中古架構下的禪母ʑ，原始鹽城方言已經清化且變為送氣的 tsʰ，與昌母止開三平聲的「眵」字聲母相同，《中原音韻》、《西儒耳目資》已經清化且變為ʂ，與書母止開三平聲的「施」字聲母相同。

禪母在中古架構下，董同龢擬音作ʑ，對應原始鹽城方言，則會有：中古禪母會變為不送氣 ts、送氣 tsʰ以及 s。由上述中古《切韻》架構與原始鹽城方言的比較，「濁音清化」中濁塞擦音演變為清塞擦音、清擦音的情形為：

　　禪部分→ts、tsʰ、s。

4.1.6 濁擦音（奉母、匣母）→清擦音

濁擦音有奉母、邪母、匣母，邪母獨立於下節討論。以下依序進行論述。

4.1.6.1 奉母

首先，以中古架構的「遇攝合口三等虞韻非系字」為例：

表 129　遇攝合口三等虞韻非系字舉例

例　字	中　古	《中原音韻》		《西儒耳目資》	原始鹽城方言
		韻　母	擬　音		
「夫」、「膚」	遇合三非平	魚模韻	fu 陰平	fu1	*fu1
「孵」、「麩」	遇合三敷平	魚模韻	fu 陰平	fu2	*fu1
「扶」、「芙」、「符」	遇合三奉平	魚模韻	fu 陽平	fu2	*fu2
「無」	遇合三微平	魚模韻	vu 陽平	vu2	*ɔu2
「巫」、「誣」	遇合三微平	魚模韻	vu 陽平	vu2	*ɔu1

從上表來看，「扶」、「芙」、「符」字為奉母遇合三平聲，為「全濁」聲母之字，在原始鹽城方言讀為*fu2，在《中原音韻》讀為 fu 陽平，在《西儒耳目資》標記為 fu2。可見聲母在中古架構下的奉母 v，原始鹽城方言、《中原音韻》、《西儒耳目資》已經清化為 f，與非母遇合三平聲的「頗」、「坡」字及敷母遇合三平聲的「孵」、「麩」字聲母相同。

再以中古架構的「臻攝合口三等吻韻非系字」為例：

表 130　臻攝合口三等吻韻非系字舉例

例　字	中　古	《中原音韻》		《西儒耳目資》	原始鹽城方言
		韻　母	擬　音		
「粉」	臻合三非上	真文韻	fuən 上聲	fuen3	*fən3
「忿」、「憤」	臻合三奉上	真文韻	fuən 去聲	fuen5	*fən5
「吻」、「刎」	臻合三微上	真文韻	vuən 上聲	ven3	*uən3

從上表來看，「忿」、「憤」字為奉母臻合三上聲，為「全濁」聲母之字，在原始鹽城方言讀為*fən5，在《中原音韻》讀為 fuən 去聲，在《西儒耳目資》標記為 fuen5。可見聲母在中古架構下的奉母 v，原始鹽城方言、《中原音韻》、《西儒耳目資》已經清化為 f，與非母臻合三上聲的「粉」字聲母相同。

再以中古架構的「遇攝合口三等遇韻非系字」為例：

表 131　遇攝合口三等遇韻非系字舉例

例　字	中　古	《中原音韻》		《西儒耳目資》	原始鹽城方言
		韻　母	擬　音		
「付」、「賦」、「傅」	遇合三非去	魚模韻	fu 去聲	fu5	*fu5
「赴」、「訃」	遇合三敷去	魚模韻	fu 去聲	fu5	*fu5
「附」	遇合三奉去	魚模韻	fu 去聲	fu5	*fu5
「務」、「霧」	遇合三微去	魚模韻	vu 去聲	vu5	*ɔu5

從上表來看，「附」字為奉母遇合三去聲，為「全濁」聲母之字，在原始鹽城方言讀為*fu5，在《中原音韻》讀為 fu 去聲，在《西儒耳目資》標記為 fu5。可見聲母在中古架構下的奉母 v，原始鹽城方言、《中原音韻》、《西儒耳目資》已經清化為 f，與非母遇合三去聲的「付」、「賦」、「傅」字及敷母遇合三去聲的「赴」、「訃」聲母相同。

再以中古架構的「臻攝合口三等物韻非系字」為例：

表 132　臻攝合口三等物韻非系字舉例

例　字	中　古	《中原音韻》		《西儒耳目資》	原始鹽城方言
		韻　母	擬　音		
「彿」	臻合三敷入	魚模韻	fu 入聲作平聲	fo7	*fəʔ7
「佛」	臻合三奉入	魚模韻	fu 入聲作平聲	fo7	*fəʔ7
「物」、「勿」	臻合三微入	魚模韻	vu 入聲作去聲	vo7	*uəʔ7

從上表來看，「佛」字為奉母臻合三入聲，為「全濁」聲母之字，在原始鹽城方言讀為*fəʔ7，在《中原音韻》讀為 fu 入聲作平聲，在《西儒耳目資》標記為 fo7。可見聲母在中古架構下的奉母 v，原始鹽城方言、《中原音韻》、《西儒耳目資》已經清化為 f，與敷母臻合三入聲的「彿」字聲母相同。

奉母在中古架構下，董同龢擬音作 v，對應原始鹽城方言，則會清化為 f。

4.1.6.2　匣母

首先，以中古架構的「效攝開口一等豪韻曉匣母字」為例：

表 133　效攝開口一等豪韻曉匣母字舉例

例　字	中　古	《中原音韻》		《西儒耳目資》	原始鹽城方言
		韻　母	擬　音		
「蒿」、「薅」	效開一平曉	蕭豪韻	xɑu 陰平	hao1	*xɔ1
「豪」、「壕」、「毫」、「號」	效開一平匣	蕭豪韻	xɑu 陽平	hao2	*xɔ2

從上表來看，「豪」、「壕」、「毫」、「號」字為匣母效開一平聲，為「全濁」聲母之字，在原始鹽城方言讀為*xɔ2，在《中原音韻》讀為 xɑu 陰平，在《西儒耳目資》標記為 hao2，聲母確切國際音標為 x。可見聲母在中古架構下的匣母ɣ，原始鹽城方言、《中原音韻》、《西儒耳目資》已經清化為 x，與曉母效開一平聲的「蒿」、「薅」字聲母相同。

再以中古架構的「山攝開口一等寒韻曉匣母字」為例：

表 134　山攝開口一等寒韻曉匣母字舉例

例　字	中　古	《中原音韻》		《西儒耳目資》	原始鹽城方言
		韻　母	擬　音		
「鼾」	山開一曉上	寒山韻	xan 去聲	-	*xæ̃1
「寒」、「韓」	山開一匣上	寒山韻	xan 陽平	han2	*xæ̃2

從上表來看，「寒」、「韓」字為匣母山開一上聲，為「全濁」聲母之字，在原始鹽城方言讀為*xæ̃2，在《中原音韻》讀為 xan 陽平，在《西儒耳目資》標記為 han2，聲母確切國際音標為 x。可見聲母在中古架構下的匣母ɣ，原始鹽城方言、《中原音韻》、《西儒耳目資》已經清化為 x，與曉母山開一上聲的「鼾」字聲母相同。

再以中古架構的「效攝開口一等號韻曉匣母字」為例：

表 135　效攝開口一等號韻曉匣母字舉例

例　字	中　古	《中原音韻》		《西儒耳目資》	原始鹽城方言
		韻　母	擬　音		
「好喜~」	效開一曉去	蕭豪韻	xɑu 去聲	hao5	*xɔ5
「號文」	效開一匣去	蕭豪韻	xɑu 去聲	hao5	*xɔ5

從上表來看，「號文」字為匣母效開一去聲，為「全濁」聲母之字，在原始鹽城方言讀為*xɔ5，在《中原音韻》讀為 xɑu 去聲，在《西儒耳目資》標記為 hao5，聲母確切國際音標為 x。可見聲母在中古架構下的匣母ɣ，原始鹽城方言、《中原音韻》、《西儒耳目資》已經清化為 x，與曉母效開一去聲的「好」字聲母相同。

再以中古架構的「宕攝合口一等鐸韻曉匣母字」為例：

表 136　宕攝合口一等鐸韻曉匣母字舉例

例　字	中　古	《中原音韻》		《西儒耳目資》	原始鹽城方言
		韻　母	擬　音		
「霍」、「藿」、「劐」	宕合一曉入	-	-	-	*xuaʔ7
「鑊」	宕合一匣入	歌戈韻	xuɔ入聲作平聲	huo7	*xuaʔ7

從上表來看，「鑊」字為匣母宕合一入聲，為「全濁」聲母之字，在原始鹽城方言讀為*xuaʔ7，在《中原音韻》讀為 xuɔ入聲作平聲，在《西儒耳目資》標記為 huo7，聲母確切國際音標為 x。可見聲母在中古架構下的匣母ɣ，原始鹽城方言、《中原音韻》、《西儒耳目資》已經清化為 x，與曉母宕合一入聲的「霍」、「藿」、「劐」字聲母相同。

匣母在中古架構下，董同龢擬音作ɣ，對應原始鹽城方言，則會清化為 x。

4.1.6.3　小結

由上述中古《切韻》架構與原始鹽城方言的比較，「濁音清化」中濁擦音（奉母、匣母）演變為清擦音的情形有以下：

　　1. 奉母→f。

　　2. 匣母→x。

4.1.7　濁擦音（邪母）→清擦音

「邪母」係為中古《切韻》架構的濁聲母字，在原始鹽城方言中，不同的韻母之下會有 tɕʰ / tsʰ、ɕ / s 的差別。

簡單而言，邪母字的原始鹽城方言系統會發生：1. 邪母字（止攝）→tsʰ、s；2. 邪母字（通攝）→s；3. 邪母字（非止攝及通攝）→tɕʰ、ɕ。

4.1.7.1　邪母字（止攝）→tsʰ、s

透過統計，依據中古音架構而言，止攝的「邪母」在原始鹽城方言多讀為 tsʰ、s。

以中古架構的「止攝開口三等邪母字」為例：

表 137　止攝開口三等邪母字舉例

| 例　字 | 中　古 | 《中原音韻》 | | 《西儒耳目資》 | 原始鹽城方言 |
		韻　母	擬　音		
「詞」、「辭」、「祠」	止開三邪平	支思韻	sï 陽平	cʰu2	*tsʰʅ2
「似」、「祀」、「巳」	止開三邪上	支思韻	sï 去聲	su3	*sʅ5
「飼」、「嗣」	止開三邪去	支思韻	sï 去聲	su5	*sʅ5

從上表來看，止攝開口三等「濁音」邪母字，在原始鹽城方言都有可能讀為 tsʰ、s，在《中原音韻》皆清化為 s，在《西儒耳目資》皆清化為 cʰ 和 s，聲母確切國際音標為 tsʰ 和 s。可見聲母在中古架構下的邪母 z，若是在止攝開口三等，原始鹽城方言、《中原音韻》、《西儒耳目資》皆清化為 tsʰ、s。

4.1.7.1.2　邪母字（通攝）→s

透過統計，依據中古音架構而言，通攝的「邪母」在原始鹽城方言多讀為 s。

以中古架構的「通攝合口三等邪母字」為例：

表 138　通攝合口三等邪母字舉例

| 例　字 | 中　古 | 《中原音韻》 | | 《西儒耳目資》 | 原始鹽城方言 |
		韻　母	擬　音		
「松」	通合三邪平	東鍾韻	siuŋ 陰平	sum1	*sʊŋ1
「頌」、「誦」、「訟」	通合二邪去	東鍾韻	siuŋ 去聲	sum5	*sʊŋ5
「俗」、「續」	通合三邪入	魚模韻	siu 入聲作平聲	so7	*sʊŋʔ7

從上表來看，通攝合口三等「濁音」邪母字，在原始鹽城方言都讀為 s，在《中原音韻》皆清化為 s，在《西儒耳目資》皆清化為 s。可見聲母在中古架構下的邪母 z，若是在通攝合口三等，原始鹽城方言、《中原音韻》、《西儒耳目資》皆清化為 s。

4.1.7.1.3　邪母字（非止攝及通攝）→tɕʰ、ɕ

透過統計，依據中古音架構而言，除了止攝及通攝者，「邪母」在原始鹽城方言多讀為 tɕʰ、ɕ。

以中古架構的「假攝開口三等邪母字」為例：

表 139　假攝開口三等邪母字舉例

例　字	中　古	《中原音韻》		《西儒耳目資》	原始鹽城方言
		韻　母	擬　音		
「斜」、「邪」	假開三邪平	車遮韻	siɛ陽平	sie2	*tɕʰiɒ2
「謝」	假開三邪去	車遮韻	siɛ去聲	sie5	*ɕiĩ5

從上表來看，假攝開口三等「濁音」邪母字，在原始鹽城方言都有可能讀為tɕʰ、ɕ，在《中原音韻》皆清化為s，在《西儒耳目資》皆清化為s，在原始鹽城方言都有可能讀為tɕʰ、ɕ。可見聲母在中古架構下的邪母z，若是在假攝開口三等，原始鹽城方言皆變為tɕʰ、ɕ，《中原音韻》、《西儒耳目資》皆變為s。

　　再以中古架構的「遇攝開口三等邪母字」為例：

表 140　遇攝開口三等邪母字舉例

例　字	中　古	《中原音韻》		《西儒耳目資》	原始鹽城方言
		韻　母	擬　音		
「徐」	遇合三邪平	魚模韻	siu 陽平	cʰiu2	*tɕʰy2
「敘」、「序」	遇合三邪上	魚模韻	siu 去聲	siu3	*ɕy5
「緒」	遇合三邪去	魚模韻	siu 去聲	siu3	*tɕʰy1

從上表來看，遇攝開口三等「濁音」邪母字，在原始鹽城方言都有可能讀為tɕʰ、ɕ，在《中原音韻》皆清化為s，在《西儒耳目資》皆清化為cʰ和s，聲母確切國際音標為tsʰ和s。可見聲母在中古架構下的邪母z，若是在遇攝開口三等，原始鹽城方言皆變為tɕʰ、ɕ，《中原音韻》、《西儒耳目資》皆變為tsʰ、s。

　　由上述中古《切韻》架構與原始鹽城方言的比較，「邪母字」演變的情形有以下三種：

　　1. 邪母字（非止攝及通攝）→tɕʰ、ɕ。

　　2. 邪母字（止攝）→tsʰ、s。

　　3. 邪母字（通攝）→s。

4.1.8　小結

　　綜上七小節所言，可見「全濁音平聲」之字，聲母在原始鹽城方言讀為「清音送氣」；另外，「全濁音仄聲」聲母之字，聲母在原始鹽城方言讀為「清音不送氣」。即：

1. 全濁平聲→清送氣；

2. 全濁仄聲→清不送氣。

4.2　唇音分化與非敷奉合流

　　「唇音分化」係代表中古《切韻》架構的唇音字，在中古時期已分化為重唇和輕唇，即分為 p 類與 f 類。而往後演變之下，重唇（p 類）又分清濁，輕唇（f 類）則未分清濁，即所謂「非敷奉合流」，係代表中古《切韻》架構的非母 f、敷母 fʰ、奉母 v，往後演變至現代方言皆讀作 f。胡士雲（2011）認為以合口三等為條件，但流攝開口三等也發生唇音分化為重唇和輕唇。故此，簡單而言，「唇音分化」與「非敷奉合流」後的原始鹽城方言系統會發生：

　　　　非敷奉母→f。

　　首先，以中古架構的「止攝合口三等微韻非母字」為例：

表 141　止攝合口三等微韻非母字舉例

例　字	中　古	《中原音韻》		《西儒耳目資》	原始鹽城方言
		韻　母	擬　音		
「非」、「飛」	止合三非平	齊微韻	fui 陰平	fi1	*fiĩ1
「妃」	止合三敷平	齊微韻	fui 陰平	fi1	*fiĩ1
「肥」	止合三奉平	齊微韻	fui 陽平	fi2	*fiĩ2
「微」	止合三微平	齊微韻	vui 陽平	vi2	*iĩ1

　　從上表來看，「非」、「飛」字為非母止合三平聲，為「全清」聲母之字，在原始鹽城方言讀為*fiĩ1，在《中原音韻》讀為 fui 陰平，在《西儒耳目資》標記為 fi1，可見聲母在中古架構下的非母 f，原始鹽城方言同讀為 f；「妃」字為敷母止合三平聲，為「次清」聲母之字，在原始鹽城方言讀為*fiĩ1，在《中原音韻》讀為 fui 陰平，在《西儒耳目資》標記為 fi1，可見聲母在中古架構下的敷母 fʰ，原始鹽城方言則不送氣化讀為 f；「肥」字為奉母止合三平聲，為「全濁」聲母之字，在原始鹽城方言讀為*fiĩ2，在《中原音韻》讀為 fui 陽平，在《西儒耳目資》標記為 fi2，可見聲母在中古架構下的奉母 v，原始鹽城方言則清化讀為 f。故此，可見原始鹽城方言、《中原音韻》、《西儒耳目資》的非母、敷母、奉母皆合流讀為 f。

再以中古架構的「遇攝合口三等虞韻非母字」為例：

表 142　遇攝合口三等虞韻非母字舉例

例　字	中　古	《中原音韻》		《西儒耳目資》	原始鹽城方言
		韻　母	擬　音		
「府」、「腑」、「斧」	遇合三非上	魚模韻	fu 上聲	fu3	*fu3
「父」	遇合三奉上	魚模韻	fu 去聲	fu5	*fu5
「釜」、「腐」、「輔」	遇合三奉上	魚模韻	fu 去聲	fu3	*fu3
「侮」	遇合三微上	魚模韻	vu 上聲	vu3	*ɔu3
「武」、「舞」、「鵡」	遇合三微上	魚模韻	vu 上聲	vu3	*ɔu3

從上表來看，「府」、「腑」、「斧」字為非母遇合三上聲，為「全清」聲母之字，在原始鹽城方言讀為*fu3，在《中原音韻》讀為 fu 上聲，在《西儒耳目資》標記為 fu3，可見聲母在中古架構下的非母 f，原始鹽城方言同讀為 f；「父」字為奉母遇合三上聲，為「全濁」聲母之字，在原始鹽城方言讀為*fu5，在《中原音韻》讀為 fu 上聲，在《西儒耳目資》標記為 fu5，可見聲母在中古架構下的奉母 v，原始鹽城方言則清化讀為 f。故此，可見原始鹽城方言、《中原音韻》、《西儒耳目資》的非母、敷母、奉母皆合流讀為 f。

而由非系字舉例也可以認知到，中古架構下的非母 f、敷母 fʰ 及奉母 v，這些聲母在原始鹽城方言都已經讀為 f，可見「唇音分化」與「非敷奉合流」後的原始鹽城方言系統都發生：

非敷奉母→f。

4.3　微母字的演變

「微母字的演變」係代表中古《切韻》架構的非系次濁聲母微母字，在不同的韻母之下會清化為 v 或變為零聲母的情形。故此，簡單而言，微母字的原始鹽城方言系統會發生：

1. 微母字（遇合三）→沒有 u 介音；

2. 微母字（非遇合三）→有 u 介音。

以下分項討論遇合三及非遇合三的微母字的情形。

4.3.1　微母字（遇合三）→沒有 u 介音

以中古架構的「遇攝合口三等虞麌遇韻微母字」為例：

表 143　遇攝合口三等虞麌遇韻微母字舉例

| 例　字 | 中　古 | 《中原音韻》 | | 《西儒耳目資》 | 原始鹽城方言 |
		韻　母	擬　音		
「巫」、「誣」	遇合三微平	魚模韻	vu 陽平	vu2	*ɔu1
「無」	遇合三微平	魚模韻	vu 陽平	vu2	*ɔu2
「武」、「舞」、「鵡」	遇合三微上	魚模韻	vu 上聲	vu3	*ɔu3
「侮」	遇合三微上	魚模韻	vu 上聲	vu3	*ɔu3
「務」、「霧」	遇合三微去	魚模韻	vu 去聲	vu5	*ɔu5

從上表來看，遇攝合口三等虞麌遇韻「次濁」微母字，聲母在原始鹽城方言都是零聲母，在《中原音韻》讀為 v，在《西儒耳目資》標記為 v，可見聲母在中古架構下的微母ɱ（脣齒鼻音），若是在遇攝合口三等虞麌遇韻，則原始鹽城方言皆零聲母化為∅。

4.3.2　微母字（非遇合三）→有 u 介音

中古《切韻》架構下遇攝合口三等零聲母化為∅，而止攝合口三等、山攝合口三等、臻攝合口三等、宕攝合口三等則皆讀為∅，但有 u 介音。

首先，以中古架構的「止攝合口三等微尾未韻微母字」為例：

表 144　止攝合口三等微尾未韻微母字舉例

| 例　字 | 中　古 | 《中原音韻》 | | 《西儒耳目資》 | 原始鹽城方言 |
		韻　母	擬　音		
「微」	止合三微平	齊微韻	vui 陽平	vi2	*uəɪ1
「尾」	止合三微上	齊微韻	vui 上聲	vi3	*uəɪ3
「未」	止合三微去	齊微韻	vi 去聲	vi5	*uəɪ5
「味」	止合三微去	齊微韻	vi 去聲	vi5	*uəɪ1 *uəɪ5

從上表來看，止攝合口三等微尾未韻「次濁」微母字，聲母在原始鹽城方言都是零聲母，在《中原音韻》讀為 v，在《西儒耳目資》標記為 v，可見聲母在中古架構下的微母ɱ（脣齒鼻音），若是在止攝合口三等微尾未韻，則原始鹽城方言皆變為∅。

再以中古架構的「山攝合口三等阮願月韻微母字」為例：

表 145　山攝合口三等阮願月韻微母字舉例

| 例　字 | 中　古 | 《中原音韻》 | | 《西儒耳目資》 | 原始鹽城方言 |
		韻　母	擬　音		
「晚」、「挽」	山合三微上	寒山韻	vuan 上聲	van3	*uæ̃3
「萬」、「蔓」	山合三微去	寒山韻	vuan 去聲	van5	*uæ̃1 *uæ̃5
「襪」	山合三微入	家麻韻	vua 入聲作去聲	va7 / ua7	*uæʔ7

從上表來看，山攝合口三等阮願月韻「次濁」微母字，聲母在原始鹽城方言都是零聲母，在《中原音韻》讀為 v，在《西儒耳目資》標記為 v，可見聲母在中古架構下的微母m（唇齒鼻音），若是在山攝合口三等阮願月韻，則原始鹽城方言皆變為∅。

再以中古架構的「臻攝合口三等文吻問物韻微母字」為例：

表 146　臻攝合口三等文吻問物韻微母字舉例

| 例　字 | 中　古 | 《中原音韻》 | | 《西儒耳目資》 | 原始鹽城方言 |
		韻　母	擬　音		
「文」、「紋」、「蚊」、「聞」	臻合三微平	真文韻	vuən 陽平	ven2	*uən2
「吻」、「刎」	臻合三微上	真文韻	vuən 上聲	ven3	*uən3
「問」	臻合三微去	真文韻	vuən 去聲	ven5	*uən1 *uən5
「璺」	臻合三微去	-	-	-	*uən5
「物」、「勿」	臻合三微入	魚模韻	vu 入聲作去聲	vo7	*uəʔ7

從上表來看，臻攝合口三等文吻問物韻「次濁」微母字，聲母在原始鹽城方言都是零聲母，在《中原音韻》讀為 v，在《西儒耳目資》標記為 v，可見聲母在中古架構下的微母m（唇齒鼻音），若是在臻攝合口三等文吻問物韻，則原始鹽城方言皆變為∅。

再以中古架構的「宕攝開口三等陽養漾韻微母字」為例：

表 147　宕攝開口三等陽養漾韻微母字舉例

| 例　字 | 中　古 | 《中原音韻》 | | 《西儒耳目資》 | 原始鹽城方言 |
		韻　母	擬　音		
「亡」	宕開三微平	江陽韻	vuaŋ 陽平	vam2	*uã1

「芒」	宕開三微平	江陽韻	muaŋ 陽平	vam2	*mã2
「網」、「輞」	宕開三微上	江陽韻	vuaŋ 上聲	vam3	*uã3
「忘」、「望」	宕開三微去	江陽韻	vuaŋ 去聲	vam5	*uã1 *uã5
「妄」	宕開三微去	江陽韻	vuaŋ 去聲	vam5	*uã5

從上表來看，宕攝開口三等陽養漾韻「次濁」微母字，聲母在原始鹽城方言都是零聲母，在《中原音韻》讀為 v，在《西儒耳目資》標記為 v，少數乃平聲「芒」字為 m 聲母，可見聲母在中古架構下的微母ɱ（唇齒鼻音），若是在宕攝開口三等陽養漾韻，則原始鹽城方言大多變為∅，少數則變為 m，得將 m 者視為特例。

　　由上述中古《切韻》架構與原始鹽城方言的比較，「微母字」演變的情形有以下二種：

　　　　1. 微母字（遇合三）→沒有 u 介音。

　　　　2. 微母字（非遇合三）→有 u 介音。

此外，由上述中古《切韻》架構與《中原音韻》、《西儒耳目資》的比較，「微母字」於《中原音韻》、《西儒耳目資》大多有 v 聲母的紀錄。

4.4　泥來母對立

　　「泥來母對立」係代表中古《切韻》架構的次濁聲母泥母及來母字，在原始鹽城方言會有 n、l 對立的情形。

　　以下先從最小對比詞（minimal pair）[註1]討論「泥來母對立」，再舉出相關例外。

　　以中古架構的「山攝開口一等泥來母字」為例：

表 148　山攝開口一等泥來母字舉例

例　字	中　古	《中原音韻》		《西儒耳目資》	原始鹽城方言
		韻　母	擬　音		
「難~易」	山開一泥平	寒山韻	nan 陽平	nan2	*nᴀ̃2
「蘭」、「攔」、「欄」	山開一來平	寒山韻	lan 陽平	lan2	*lᴀ̃2

〔註1〕何大安（1991：46）定義，最小對比詞（minimal pair）係指所有的辨義功能只靠一個音段來負擔的一個詞。音位分析上，最小對比詞是最有效的線索。

「懶」	山開一來上	寒山韻	lan 上聲	lan3	*nɛ̃3
「難患~」	山開一泥去	寒山韻	nan 去聲	nan5	*nɛ̃5
「爛」	山開一來去	寒山韻	lan 去聲	lan5	*lɛ̃1
「捺撇~」	山開一泥入	-	-	na7	*nɛ̃ʔ7
「瘌」	山開一來入	-	-	-	*lɛ̃ʔ7

從上表來看，山攝開口一等「次濁」泥母字、來母字，在原始鹽城方言中，泥母字讀為 n、來母字 l，諸如「難~易」及「蘭」、「攔」、「欄」分別為*nɛ̃2 及*lɛ̃2，「難患~」及「爛」分別為*nɛ̃5 及*lɛ̃1，「捺~捺」及「瘌」分別為*nɛ̃ʔ7 及*lɛ̃ʔ7，皆為聲母差異的最小對比；在《中原音韻》中，泥母字讀為 n、來母字 l，諸如「難~易」及「蘭」、「攔」、「欄」分別為 nan 陽平及 lan 陽平，「難患~」及「爛」分別為 nan 去聲及 lan 去聲，皆為聲母差異的最小對比；在《西儒耳目資》中，泥母字讀為 n、來母字 l，諸如「難~易」及「蘭」、「攔」、「欄」分別為 nan2 及 lan2，「難患~」及「爛」分別為 nan5 及 lan5，皆為聲母差異的最小對比。可見聲母在中古架構下的泥母 n 和來母 l，若是在山攝開口一等，則原始鹽城方言、《中原音韻》、《西儒耳目資》皆為不變。

再以中古架構的「宕攝開口一等泥來母字」為例：

表 149　宕攝開口一等泥來母字舉例

例　字	中　古	《中原音韻》		《西儒耳目資》	原始鹽城方言
		韻　母	擬　音		
「囊」	宕開一泥平	江陽韻	naŋ 陽平	nam2	*nã2
「郎」、「廊」、「狼」	宕開一來平	江陽韻	laŋ 陽平	lam2	*lã2
「朗」	宕開一來上	江陽韻	laŋ 上聲	lam3	*lã3
「浪」	宕開一來去	江陽韻	laŋ 去聲	lam5	*lã1 *lã5
「諾」	宕開一泥入	蕭豪韻 / 歌戈韻	nɑu 入聲作去聲	no7	*naʔ7
「落」、「烙」、「駱」、「酪」、「洛」、「絡」、「樂」	宕開一來入	蕭豪韻 / 歌戈韻	lɑu 入聲作去聲	lo7	*laʔ7

從上表來看，宕攝開口一等「次濁」泥母字、來母字，在原始鹽城方言中，泥母字讀為 n、來母字 l，諸如「囊」及「郎」、「廊」、「狼」分別為*nã2 及*lã2，「諾」及「落」、「烙」、「駱」、「酪」、「洛」、「絡」、「樂」分別為*naʔ7 及*laʔ7，

皆為聲母差異的最小對比；在《中原音韻》中，泥母字讀為 n、來母字 l，諸如「囊」及「郎」、「廊」、「狼」分別為 naŋ 陽平及 laŋ 陽平，「諾」及「落」、「烙」、「駱」、「酪」、「洛」、「絡」、「樂」分別為 nɑu 入聲作去聲及 lɑu 入聲作去聲，皆為聲母差異的最小對比；在《西儒耳目資》中，泥母字讀為 n、來母字 l，諸如「囊」及「郎」、「廊」、「狼」分別為 naŋ2 及 laŋ2，「諾」及「落」、「烙」、「駱」、「酪」、「洛」、「絡」、「樂」分別為 nɑu7 及 lɑu7，皆為聲母差異的最小對比。可見聲母在中古架構下的泥母 n 和來母 l，若是在宕攝開口一等，則原始鹽城方言、《中原音韻》、《西儒耳目資》皆為不變。

再以中古架構的「宕攝開口三等泥來母字」為例：

表 150　宕攝開口三等泥來母字舉例

例　字	中　古	《中原音韻》		《西儒耳目資》	原始鹽城方言
		韻　母	擬　音		
「娘」	宕開三泥平	江陽韻	niaŋ 陽平	niam2	*niã2
「孃」	宕開三泥平	-	-	-	*niã1
「良」、「量~長短」、「糧」、「梁」、「粱」	宕開三來平	江陽韻	liaŋ 陽平	leam2	*liã2
「兩」	宕開三來上	江陽韻	liaŋ 上聲	leam3	*le3 *liã3
「釀」	宕開三泥去	江陽韻	niaŋ 去聲	niam5	*niã5
「亮」	宕開三來去	江陽韻	liaŋ 去聲	leam5	*liã1 *liã5
「諒」、「輛」、「兩」	宕開三來去	江陽韻	liaŋ 去聲	leam5	*liã3
「量數~」	宕開三來去	江陽韻	liaŋ 去聲	leam5	*liã5
「略」、「掠」	宕開三來去	蕭豪韻 / 歌戈韻	liau 入聲作去聲	lio7	*liaʔ7

從上表來看，宕攝開口三等「次濁」泥母字、來母字，在原始鹽城方言中，泥母字讀為 n、來母字 l，諸如「娘」及「良」、「量~長短」、「糧」、「梁」、「粱」分別為*nia2 及*lia2，「釀」及「量數~」分別為*niã5 及*liã5，皆為聲母差異的最小對比；在《中原音韻》中，泥母字讀為 n、來母字 l，諸如「娘」及「良」、「量~長短」、「糧」、「梁」、「粱」分別為 niaŋ 陽平及 liaŋ 陽平，「釀」及「量數~」分別為 niaŋ 去聲及 liaŋ 去聲，皆為聲母差異的最小對比；在《西儒耳目資》中，泥母字讀為 n、來母字 l，諸如「娘」及「良」、「量~長短」、「糧」、

「梁」、「樑」分別為 niaŋ2 及 liaŋ2，「釀」及「量數~」分別為 niaŋ5 及 liaŋ5，皆為聲母差異的最小對比。可見聲母在中古架構下的泥母 n 和來母 l，若是在宕攝開口三等，則原始鹽城方言、《中原音韻》、《西儒耳目資》皆為不變。

以中古架構的「遇攝合口一等泥來母字」為例：

表 151　遇攝合口一等泥來母字舉例

例　字	中　古	《中原音韻》		《西儒耳目資》	原始鹽城方言
		韻　母	擬　音		
「奴」	遇合一泥平	魚模韻	nu 陽平	nu2	*nõ2
「盧」、「爐」、「蘆」	遇合一來平	魚模韻	lu 陽平	lu2	*lɔu2
「努」	遇合一泥上	魚模韻	nu 上聲	nu3	*nõ3
「魯」	遇合一來上	魚模韻	lu 上聲	lu3	*nõ3
「櫓」、「虜」、「滷」	遇合一來上	魚模韻	lu 上聲	lu3	*lɔu3
「怒」	遇合一泥去	魚模韻	nu 去聲	nu5	*nõ5
「路」、「賂」	遇合一來去	魚模韻	lu 去聲	lu5	*lɔu1 *lɔu5
「露」	遇合一來去	魚模韻	lu 去聲	lu5	*lɔu1
「鷺」	遇合一來去	魚模韻	lu 去聲	lu5	*lɔu5

從上表來看，遇攝合口一等「次濁」泥母字、來母字，在原始鹽城方言中，泥母字讀為 n、來母字 l，諸如「努」及「櫓」、「虜」、「滷」分別為*nõ3 及*lɔu3，「怒」及「鷺」分別為*nõ5 及*lɔu5，皆為聲母差異的最小對比；在《中原音韻》中，泥母字讀為 n、來母字 l，諸如「奴」及「盧」、「爐」、「蘆」分別為 nu 陽平及 lu 陽平，「努」及「魯」分別為 nu 上聲及 lu 上聲，「怒」及「鷺」分別為 nu 去聲及 lu 去聲，皆為聲母差異的最小對比；在《西儒耳目資》中，泥母字讀為 n、來母字 l，諸如「奴」及「盧」、「爐」、「蘆」分別為 nu2 及 lu2，「努」及「魯」分別為 nu3 及 lu3，「怒」及「鷺」分別為 nu5 及 lu5，皆為聲母差異的最小對比。可見聲母在中古架構下的泥母 n 和來母 l，若是在遇攝合口一等，則原始鹽城方言、《中原音韻》、《西儒耳目資》皆為不變。

由上述中古《切韻》架構與原始鹽城方言、《中原音韻》、《西儒耳目資》的比較，「泥母字」和「來母字」演變的情形有以下二種：

1. 泥母字→n。

2. 來母字→l。

4.5　日母字的演變

「日母字的演變」係代表中古《切韻》架構的次濁聲母日母字，在不同的韻母之下會變為 l 或變為零聲母的情形。故此，簡單而言，日母字在原始鹽城方言系統會有以下的情況：

　　1. 日母字（止開三）→∅；

　　2. 日母字（非止開三）→l。

以下分項討論止開三及非止開三的日母字的演變情形。

4.5.1　日母字（止開三）→∅

以中古架構的「止攝開口三等支紙真韻日母字」為例：

表 152　止攝開口三等支紙真韻日母字舉例

例　字	中　古	《中原音韻》		《西儒耳目資》	原始鹽城方言
		韻　母	擬　音		
「兒」	止開三日平	支思韻	ʅ 陽平	ul2	*ɒ2
「爾」	止開三日上	支思韻	ʅ 上聲	ul3	*ɒ3

從上表來看，止攝開口三等支紙真韻「次濁」日母字，聲母在原始鹽城方言都是零聲母，在《中原音韻》讀為ʅ，在《西儒耳目資》標記為零聲母，可見聲母在中古架構下的日母 ȵ，若是在止攝開口三等支紙真韻，則原始鹽城方言及《西儒耳目資》皆零聲母化為∅，《中原音韻》改讀為ʅ。

再以中古架構的「止攝開口三等至韻日母字」為例：

表 153　止攝開口三等至韻日母字舉例

例　字	中　古	《中原音韻》		《西儒耳目資》	原始鹽城方言
		韻　母	擬　音		
「二」、「貳」	止開三日去	支思韻	ʅ 去聲	ul5	*ɒ1

從上表來看，止攝開口三等至韻「次濁」日母字，聲母在原始鹽城方言都是零聲母，在《中原音韻》讀為ʅ，在《西儒耳目資》標記為零聲母，可見聲母在中古架構下的日母 ȵ，若是在止攝開口三等至韻，則原始鹽城方言及《西儒耳目資》皆零聲母化為∅，《中原音韻》改讀為ʅ。

再以中古架構的「止攝開口三等之止志韻日母字」為例：

表 154　止攝開口三等之止志韻日母字舉例

例　字	中　古	《中原音韻》		《西儒耳目資》	原始鹽城方言
		韻　母	擬　音		
「而」	止開三日平	支思韻	ɿ 陽平	ul2	*ɒ2
「耳」	止開三日上	支思韻	ɿ 上聲	ul3	*ŋɒ3
「餌」	止開三日去	支思韻	ɿ 去聲	ul3	*ɒ3

從上表來看，止攝開口三等之止志韻「次濁」日母字，聲母在原始鹽城方言多是零聲母，在《中原音韻》讀為ɿ，在《西儒耳目資》標記為零聲母，而上聲的「耳」則讀為ŋ，可見聲母在中古架構下的日母 ȵ，若是在止攝開口三等之止志韻，則原始鹽城方言及《西儒耳目資》多零聲母化為Ø，《中原音韻》改讀為ɿ，而上聲的「耳」則讀為ŋ。

4.5.2　日母字（非止開三）→l

中古《切韻》架構下，日母字在止攝開口三等零聲母化為Ø，而其他韻攝等第則多讀為 l。

以中古架構的「效攝開口三等宵小笑韻日母字」為例：〔註2〕

表 155　效攝開口三等宵小笑韻日母字舉例

例　字	中　古	《中原音韻》		《西儒耳目資》	原始鹽城方言
		韻　母	擬　音		
「饒」、「橈」	效開三日平	蕭豪韻	ɽiau 陽平	jao2	*lɔ2
「擾」	效開三日上	蕭豪韻	ɽiau 上聲	jao3	*lɔ3
「繞圍~」	效開三日上	蕭豪韻	ɽiau 上聲	jao3	*lɔ1 *lɔ3
「繞~線」	效開三日去	-	-	-	*lɔ5

從上表來看，效攝開口三等宵小笑韻「次濁」日母字，聲母在原始鹽城方言都是讀為 l，在《中原音韻》讀為ɽ，在《西儒耳目資》標記為 j，聲母確切國際

〔註2〕本表中的「繞」在原始鹽城方言有三讀，「圍繞」義得擬測為白讀的*lɔ1 與文讀的*lɔ3；「繞線」義得擬測為*lɔ5。關於此現象，筆者以為，「圍繞」義之二音應係承襲中古「效開三日上」、《中原音韻》或《西儒耳目資》之上聲音讀而有 lɔ3 之音，而 lɔ1 則是受通泰片方言影響而發生濁上讀陰平的情形；至於「繞線」義之 lɔ5 係承襲中古「效開三日去」而有 lɔ5 之音，現代臺灣華語（北京官話）所言「纏繞」之 rào（日ㄠˋ）應亦自此而來。

音標為ʐ。可見聲母在中古架構下的日母 ȵ，若是在效攝開口三等宵小笑韻，則原始鹽城方言皆變為 l，《中原音韻》改讀為ɻ，《西儒耳目資》改讀為ʐ。

再以中古架構的「臻攝開口三等真軫震質韻日母字」為例：

表 156　臻攝開口三等真軫震質韻日母字舉例

| 例　字 | 中　古 | 《中原音韻》 | | 《西儒耳目資》 | 原始鹽城方言 |
		韻　母	擬　音		
「人」、「仁」	臻開三日平	真文韻	ɻiən 陽平	jin2	*lən2
「忍」	臻開三日上	真文韻	ɻiən 上聲	jin3	*lən3
「刃」、「軔」、「認」	臻開三日去	真文韻	ɻiən 去聲	jin5	*lən5
「日」	臻開三日入	齊微韻	ɻi 入聲作去聲	je7	*liĩ1

從上表來看，臻攝開口三等真軫震質韻「次濁」日母字，在原始鹽城方言都是讀為 l，在《中原音韻》讀為ɻ，在《西儒耳目資》標記為 j，聲母確切國際音標為ʐ。可見聲母在中古架構下的日母 ȵ，若是在臻攝開口三等真軫震質韻，則原始鹽城方言及《西儒耳目資》皆變為 l，《中原音韻》改讀為ɻ，《西儒耳目資》改讀為ʐ。

再以中古架構的「宕攝開口三等陽養漾藥韻日母字」為例：

表 157　宕攝開口三等陽養漾藥韻日母字舉例

| 例　字 | 中　古 | 《中原音韻》 | | 《西儒耳目資》 | 原始鹽城方言 |
		韻　母	擬　音		
「穰」、「瓤」	宕開三日平	江陽韻	ɻiaŋ 陽平	jam2	*lã2
「壤」、「攘」、「嚷」	宕開三日上	江陽韻	ɻiaŋ 上聲	jam3	*lã3
「讓」	宕開三日去	江陽韻	ɻiaŋ 去聲	jam5	*lã1 *lã5
「若」、「弱」	宕開三日入	歌戈韻	ɻiɔ 入聲作去聲	jo7	*laʔ7

從上表來看，宕攝開口三等陽養漾藥韻「次濁」日母字，在原始鹽城方言都是讀為 l，在《中原音韻》讀為ɻ，在《西儒耳目資》標記為 j，聲母確切國際音標為ʐ。可見聲母在中古架構下的日母 ȵ，若是在宕攝開口三等陽養漾藥韻，則原始鹽城方言及《西儒耳目資》皆變為 l，《中原音韻》改讀為ɻ，《西儒耳目資》改讀為ʐ。

再以中古架構的「通攝合口三等鍾腫用燭韻日母字」為例：

表 158　通攝合口三等鍾腫用燭韻日母字舉例

例　字	中　古	《中原音韻》		《西儒耳目資》	原始鹽城方言
		韻　母	擬　音		
「茸」	通合三日平	東鍾韻	ɽiuŋ 陽平	jum3	*lɔŋ3
「冗」	通合三日上	東鍾韻	ɽiuŋ 上聲	jum3	*lɔŋ3
「辱」、「褥」	通合三日入	魚模韻	ɽiu 入聲作去聲	jo7	*lɔʔ7

從上表來看，通攝合口三等鍾腫用燭韻「次濁」日母字，在原始鹽城方言都是讀為 l，在《中原音韻》讀為ɽ，在《西儒耳目資》標記為 j，聲母確切國際音標為ʐ。可見聲母在中古架構下的日母 ȵ，若是在通攝合口三等鍾腫用燭韻，則原始鹽城方言及《西儒耳目資》皆變為 l，《中原音韻》改讀為ɽ，《西儒耳目資》改讀為ʐ。

由上述中古《切韻》架構與原始鹽城方言、《中原音韻》、《西儒耳目資》的比較，「日母字」演變的情形有以下二種：〔註3〕

表 159　「日母字」的演變情形

中　古《切韻》架構	原始鹽城方言	《中原音韻》	《西儒耳目資》
日母字（止開三）	∅	ɽ	∅
日母字（非止開三）	l	ɽ	ʐ

4.6　知照合流

「知照合流」係為中古《切韻》架構的舌上音知、徹、澄聲母與正齒音照、穿、牀（部分）、禪（部分）聲母合流，成為同一個讀音。

首先，關於現代鹽城方言的中古《切韻》架構知、照系聲母比較，呈現於下：

〔註3〕朱曉農（2007）曾討論近音（approximant）與通音、半元音、擦音、流音（指邊音和各類日音）、元音之間的關係，並說明「日母」的性質。朱曉農（2007：6～7）認為，日母在普通話和很多官話中的音值卷舌近音[ɻ]，以實驗語音學及語言統計分布，日母是近音而非擦音。日母在大多數驗證過的北方官話和西南官話方言中，實際上不是濁擦音[ʐ／z]而近音[ɻ／ɹ]，只有在自成音節並重讀的時候，才有些微擦，但仍然符合近音特徵：時長短、振幅小、常顯共振峰。另外，由於分類標準，流音和近音之間有重疊，故與 l 的互動可想而知。

表 160　現代鹽城方言的中古《切韻》架構知、照系聲母比較

	知　系	照　系	
		莊組（照二）	章組（照三）
假開二	ts	ts	
假開三	t、∅		ts
假合二		ts	
遇合三	ts	ts	ts
蟹開二		ts	
蟹開三	ts		ts
蟹合三	tɕ		tɕ
止開三	ts	ts	ts
止合三	tɕ	tɕ	tɕ
效開二	ts	ts / tɕ	
效開三	ts		ts
流開三	ts	ts	ts
咸開二	ts	ts	
咸開三	tɕ	ts	
深開三	ts	ts	ts
山開二山黠	ts	ts	
山開二刪鎋		ts / tɕ	
山開三	ts		ts
山合二		ts / tɕ	
山合三	ts		ts
臻開三	ts	ts	ts
臻合三	tɕ	tɕ	tɕ
宕開三	ts	tɕ	ts
江開二	tɕ	tɕ	
曾開三	ts	ts	ts
梗開二	ts	ts	
梗開三	ts		ts
通合三	ts	ts	ts

從上表可見，有四件事情值得關注：

　　第一，知系字及照系字（即莊組和章組）並未形成捲舌音聲母（retroflex initials），而是形成舌尖塞擦音聲母（blade-alveolars initial，[ts]、[tsʰ]、[s]）。以

中古架構的「流攝開口三等宥韻知、照系字」為例：

表 161　流攝開口三等宥韻知、照系字舉例

例　字	中　古	《中原音韻》		《西儒耳目資》	原始鹽城方言
		韻　母	擬　音		
「晝」	流開三知去	尤侯韻	tʂiəu 去聲	cheu5	*tsɤɯ5
「宙」	流開三澄去	尤侯韻	tʂiəu 去聲	cheu5	*tsɤɯ5
「皺」、「縐」	流開三莊去	尤侯韻	tʂəu 去聲	ceu5	*tsɤɯ5
「驟」	流開三崇去	尤侯韻	tʂəu 去聲	ceu5	*tsɤɯ5
「瘦」	流開三生去	尤侯韻	ʂəu 去聲	seu5	*sɤɯ5
「漱」	流開三生去	尤侯韻	səu 去聲	seu5	*sou5
「咒」	流開三章去	尤侯韻	tʂiəu 去聲	cheu5	*tsɤɯ5
「臭香~」	流開三昌去	尤侯韻	tʂʰiəu 去聲	chʰeu5	*tsʰɤɯ5
「獸」	流開三書去	尤侯韻	ʂiəu 去聲	xeu5	*sɤɯ5
「壽」、「授」、「售」	流開三禪去	尤侯韻	ʂiəu 去聲	xeu5	*sɤɯ5

從上表來看，「晝」、「皺」、「咒」三者，在原始鹽城方言同為*tsɤɯ5，其聲母皆是中古「全清」的知母、莊母、章母，可見聲母在中古架構下的「全清」的知母ȶ、莊母 tʃ、章母 tɕ，若是在流攝開口三等，原始鹽城方言皆合流為 ts；在《中原音韻》讀為 tʂiəu 去聲、tʂəu 去聲、tʂiəu 去聲，其聲母皆是舌尖後音聲母 tʂ，且為中古「全清」的知母、莊母、章母，可見聲母在中古架構下的「全清」的知母ȶ、莊母 tʃ、章母 tɕ，若是在流攝開口三等，《中原音韻》皆讀為 tʂ；在《西儒耳目資》中，「晝」、「咒」同為 cheu5，聲母確切國際音標為 tʂ，為舌尖後音聲母（[tʂ]、[tʂʰ]、[ʂ]），其聲母皆是「全清」的知母、章母，「皺」則為 ceu5，聲母確切國際音標為 ts，為塞擦音聲母（[ts]、[tsʰ]、[s]），其聲母皆是「全清」的莊母。可見聲母在中古架構下的「全清」的知母ȶ、莊母 tʃ、章母 tɕ，若是在流攝開口三等，《西儒耳目資》中的中古知母、章母讀為舌尖後音聲母，中古莊母則讀為塞擦音聲母。

　　第二，不過，蟹攝合口三等、止攝合口三等、臻攝合口三等、江攝開口二等成為舌面前音（[tɕ]、[tɕʰ]、[ɕ]）。以中古架構的「止攝合口三等脂韻知、照系字」為例：

表 162　止攝合口三等脂韻知、照系字舉例

例　字	中　古	《中原音韻》		《西儒耳目資》	原始鹽城方言
		韻　母	擬音		
「追」	止合三知平	齊微韻	tʂui 陰平	chui1	*tsuɿ1
「槌」、「錘」	止合三澄平	齊微韻	tʂʰui 陽平	chʰui2	*tsʰuəɿ2
「衰」	止合三生平	齊微韻	tʂʰui 陰平	sui1	*suəɿ1
「錐」	止合三章平	齊微韻	tʂui 陰平	chui1	*tsuəɿ1
「誰」	止合三禪平	齊微韻	ʂui 陽平	xui2	*suəɿ2

從上表來看，「追」、「錐」二者，在原始鹽城方言同為*tsuəɿ1，其聲母皆是中古「全清」的知母、章母，可見聲母在中古架構下的「全清」的知母 ȶ、莊母 tʃ、章母 tɕ，若是在止攝合口三等，原始鹽城方言皆合流為 tɕ；在《中原音韻》同讀為 tʂui 陰平，其聲母是中古「全清」的知母、章母，皆讀為舌尖後音聲母，可見聲母在中古架構下的「全清」的知母 ȶ、莊母 tʃ、章母 tɕ，若是在止攝合口三等，《中原音韻》皆讀為 tʂ；在《西儒耳目資》中，「追」、「錐」同為 cheu1，聲母確切國際音標為 tʂ，為舌尖後音聲母（[tʂ]、[tʂʰ]、[ʂ]），其聲母皆是「全清」的知母、章母，「衰」則為 sui1，聲母確切國際音標為 s，為塞擦音聲母（[ts]、[tsʰ]、[s]），其聲母皆是「全清」的莊母。可見聲母在中古架構下的「全清」的知母 ȶ、莊母 tʃ、章母 tɕ，若是在止攝合口三等，《西儒耳目資》中的中古知母、章母讀為舌尖後音聲母，中古莊母則讀為塞擦音聲母。

　　第三，效攝開口二等、山攝開口二等刪鎋韻字、山攝合口二等在莊組字的生母有塞擦音聲母（[ts]、[tsʰ]、[s]）及舌面前音（[tɕ]、[tɕʰ]、[ɕ]）的混雜。以中古架構的「效攝開口二等肴韻知、照系字」為例：

表 163　效攝開口二等肴韻知、照系字舉例

例　字	中　古	《中原音韻》		《西儒耳目資》	原始鹽城方言
		韻　母	擬　音		
「抓」	效開二莊平	蕭豪韻	tʂau 陰平	chao5	*tsɒ1
「抄略取」	效開二初平	蕭豪韻	tʂʰau 陰平	chʰao1	*tsʰɒ1
「巢」	效開二崇平	蕭豪韻	tʂʰau 陽平	chʰao2	*tsʰɔ2
「梢樹~」、「捎~帶」	效開二生平	蕭豪韻	ʂau 陰平	xao1	*sɔ1

從上表來看，原始鹽城方言在莊系，塞擦音（[ts]、[tsʰ]、[s]）及舌面前音（[tɕ]、

[tɕʰ]、[ɕ]）都有出現可見聲母在中古架構下的莊系，若是在效攝開口二等，原始鹽城方言皆雜有塞擦音及舌根音；《中原音韻》皆讀為舌尖後音聲母（[tʂ]、[tʂʰ]、[ʂ]），可見聲母在中古架構下的莊系，若是在效攝開口二等，《中原音韻》改讀為舌尖後音聲母；在《西儒耳目資》中係為 ch 組，聲母確切國際音標為 tʂ，為舌尖後音聲母（[tʂ]、[tʂʰ]、[ʂ]），而原始鹽城方言則塞擦音（[ts]、[tsʰ]、[s]）及舌面前音（[tɕ]、[tɕʰ]、[ɕ]）都有出現，可見聲母在中古架構下的莊系，若是在效攝開口二等，《西儒耳目資》中的中古莊系字讀為舌尖後音聲母。

　　第四，而在宕攝開口三等較為複雜，知系讀為塞擦音聲母（[ts]、[tsʰ]、[s]），照組則有莊、章組的分別，莊組（照二）讀為舌面前音聲母（[tɕ]、[tɕʰ]、[ɕ]），章組（照三）讀為塞擦音聲母（[ts]、[tsʰ]、[s]）。以中古架構的「宕攝開口三等陽韻知、照系字」為例：

表164　宕攝開口三等陽韻知、照系字舉例

| 例　字 | 中　古 | 《中原音韻》 | | 《西儒耳目資》 | 原始鹽城方言 |
		韻　母	擬　音		
「張」	宕開三知平	江陽韻	tʂiaŋ 陰平	cham1	*tsã1
「長~短」、「腸」、「場」	宕開三澄平	江陽韻	tʂʰiaŋ 陽平	chʰam2	*tshã2
「莊」、「裝」	宕開三莊平	江陽韻	tʂaŋ 陰平	chuam1	*tsua1
「瘡」	宕開三崇平	江陽韻	tʂʰaŋ 陰平	chʰuam1	*tshua1
「牀」	宕開三生平	江陽韻	tʂʰaŋ 陽平	chʰuam2	*tshua2
「霜」、「孀」	宕開三生平	江陽韻	ʂaŋ 陰平	xuam1	*sua1
「章」、「樟」	宕開三章平	江陽韻	tʂiaŋ 陰平	cham1	*tsã1
「昌」、「菖~蒲」	宕開三昌平	江陽韻	tʂʰiaŋ 陰平	chʰam1	*tshã1
「商」、「傷」	宕開三書平	江陽韻	ʂiaŋ 陰平	xam1	*sã1
「常」、「嘗」、「償」、「裳」	宕開三禪平	江陽韻	tʂʰiaŋ 陽平	chʰam1 / xam2	*tshã2

從上表來看，知系皆讀為塞擦音聲母（[ts]、[tsʰ]、[s]），莊組皆讀為舌面前音聲母（[tɕ]、[tɕʰ]、[ɕ]），章組皆讀為塞擦音聲母（[ts]、[tsʰ]、[s]），可見聲母在中古架構下的知母、莊組、章組，若是在宕攝開口三等，原始鹽城方言中知母、章組皆合流為塞擦音聲母，莊組則讀為舌根音聲母；在《中原音韻》皆讀為舌尖後音聲母（[tʂ]、[tʂʰ]、[ʂ]），可見聲母在中古架構下的知母、莊組、

章組，若是在宕攝開口三等《中原音韻》改讀為舌尖後音聲母；在《西儒耳目資》中係為 ch 組聲母，聲母確切國際音標為 tʂ，為舌尖後音聲母（[tʂ]、[tʂʰ]、[ʂ]），而其區別在於介音，知母、章母並無介音存在，而莊母則存有 u 介音。可見聲母在中古架構下的「全清」的知母 ʈ、莊母 tʃ、章母 tɕ，若是在宕攝開口三等，《西儒耳目資》中的中古知母、莊母、章母皆讀為舌尖後音聲母，然原始鹽城方言知母、章組皆合流為塞擦音聲母。

4.7　見精組分化

「見精組分化」係為中古《切韻》架構的牙音見、溪、群聲母與舌上音知、徹、澄聲母分化，成為不同的讀音。

首先，關於原始鹽城方言的中古《切韻》架構見、精系聲母比較，呈現於下：

表 165　原始鹽城方言的中古《切韻》架構見、精系聲母比較

	見　系	精　系
果開一	k	
果合一	k	ts
假開二	k / tɕ	
假開三		tɕ
假合二	k	
遇合一	k	ts
遇合三	tɕ	tɕ
蟹開一	k	
蟹開二	k / tɕ	
蟹開三	Ø	tɕ
蟹開四	tɕ	tɕ
蟹合一	k	tɕ
蟹合二	k	
蟹合三	tɕ	
蟹合四		k
止開三	tɕ	tɕ
止合三	k	tɕ

效開一	k	ts
效開二	k / tɕ	
效開三	tɕ	tɕ
效開四	tɕ	tɕ
流開一	k	ts
流開三	tɕ	tɕ
咸開一	k	ts
咸開二	k / tɕ	
咸開三	tɕ	tɕ
深開三	tɕ	tɕ
山開一	k	ts
山開二	k / tɕ	
山開三	tɕ	tɕ
山開四	tɕ	tɕ
山合一	k	ts
山合二	k / ts	
山合三	tɕ	tɕ
臻開一	k	
臻開三	tɕ	tɕ
臻合一	k	tɕ
臻合三	tɕ	tɕ
宕開一	k	ts
宕開三	tɕ	tɕ
江開二	k / tɕ	
曾開一	k	tɕ
曾開三	tɕ	tɕ
曾合一	k	
梗開二	k	
梗開三	tɕ	tɕ
梗開四	tɕ	tɕ
梗合二	k	
梗合三	tɕ	
通合一	k	ts
通合三	k / tɕ	ts

從上表而言，若透過等第來看，有三件事情值得關注：

　　第一，若為一等，見系會讀為舌根音（[k]、[kʰ]、[x]），而精系會讀為塞擦音聲母（[ts]、[tsʰ]、[s]）。以中古架構的「效攝開口一等晧韻見、精系字」為例：

表 166　效攝開口一等晧韻見、精系字舉例

例　字	中　古	《中原音韻》		《西儒耳目資》	原始鹽城方言
		韻　母	擬　音		
「早」、「棗」、「蚤」、「澡」	效開一精上	蕭豪韻	tsau 上聲	cao3	*tsɔ3
「草」、「騲」	效開一清上	蕭豪韻	tsʰau 上聲	cʰao3	*tsʰɔ3
「皂」	效開一從上	蕭豪韻	tsau 去聲	cao3	*tsɔ5
「造建~」	效開一從上	蕭豪韻	tsau 去聲 / tsʰau 去聲	cao5	*tsʰɔ5 *tsɔ5
「掃~地」、「嫂」	效開一心上	蕭豪韻	sau 上聲	sao3	*sɔ3
「稿」	效開一見上	-	-	kao3	*kɔ3
「考」、「烤」、「燺」	效開一溪上	蕭豪韻	kʰau 上聲	kʰao3	*kʰɔ3

從上表來看，原始鹽城方言中，見系皆讀為舌根音聲母（[k]、[kʰ]、[x]），精系皆讀為塞擦音聲母（[ts]、[tsʰ]、[s]）；在《中原音韻》的中古見系皆讀為舌根音聲母（[k]、[kʰ]、[x]），中古精系皆讀為塞擦音聲母（[ts]、[tsʰ]、[s]），可見聲母在中古架構下的見系、精系，若是在效攝開口一等，原始鹽城方言中見系、精系已分別讀為舌根音聲母及塞擦音聲母。

　　第二，若為二等，精系無字，而見系會讀為舌根音（[k]、[kʰ]、[x]）或舌面前音（[tɕ]、[tɕʰ]、[ɕ]）。以中古架構的「效攝開口二等巧韻見、精系字」為例：

表 167　效攝開口二等巧韻見、精系字舉例

例　字	中　古	《中原音韻》		《西儒耳目資》	原始鹽城方言
		韻　母	擬　音		
「絞」	效開二見上	蕭豪韻	kau 上聲	kiao3	*kɔ3 *tɕiɔ3
「攪」	效開二溪上	蕭豪韻	kau 上聲	kiao3	*kɔ3
「巧」	效開二溪上	蕭豪韻	kʰau 上聲	kʰiao3	*tɕʰiɔ3

從上表來看，效攝並沒有與精系相配的字，在原始鹽城方言中，見系則有些讀為舌根音聲母（[k]、[kʰ]、[x]），有些讀為舌面前音聲母（[tɕ]、[tɕʰ]、[ɕ]），在

《中原音韻》皆讀為舌根音聲母（[k]、[kʰ]、[x]）。可見聲母在中古架構下的見系、精系，若是在效攝開口二等，在《中原音韻》精系無字，見系皆讀為舌根音聲母，原始鹽城方言中，精系無字，而見系則讀為舌根音聲母或舌面前音聲母。

　　第三，若為三、四等，則多已發生顎化現象，而讀為舌面前音（[tɕ]、[tɕʰ]、[ɕ]）。以中古架構的「效攝開口三、四等宵韻見、精系字」為例：

表 168　效攝開口三、四等宵韻見、精系字舉例

例　字	中　古	《中原音韻》		《西儒耳目資》	原始鹽城方言
		韻　母	擬　音		
「焦」、「蕉芭~」、「椒」	效開三精平	蕭豪韻	tsiɑu 陰平	ciao1	*tɕiɔ1
「鍫」	效開三清平	蕭豪韻	tsʰiɑu 陰平	cʰiao1	*tɕʰiɔ1
「樵」、「瞧」	效開三從平	蕭豪韻	tsʰiɑu 陽平	ciao2	*tɕʰiɔ2
「消」、「霄」、「宵」、「硝」、「銷」	效開三心平	蕭豪韻	siɑu 陰平	siao1	*ɕiɔ1
「驕」、「嬌」	效開三見平	蕭豪韻	kiɑu 陰平	kiao1	*tɕiɔ1
「喬」、「橋」、「僑」、「蕎」	效開三群平	蕭豪韻	kʰiɑu 陽平	kʰiao2	*tɕʰiɔ2
「蕭」、「簫」	效開三心平	蕭豪韻	siɑu 陰平	siao1	*ɕiɔ1
「澆」	效開三見平	-	-	kiao1	*tɕiɔ1
「堯」	效開三疑平	蕭豪韻	iɑu 陽平	iao2	*iɔ2

從上表來看，原始鹽城方言中，效攝開口三、四等見、精系字多讀為舌面前音聲母（[tɕ]、[tɕʰ]、[ɕ]），在《中原音韻》的中古見系皆讀為舌根音聲母（[k]、[kʰ]、[x]），中古精系皆讀為塞擦音聲母（[ts]、[tsʰ]、[s]），可見聲母在中古架構下的見系、精系，若是在效攝開口三、四等，原始鹽城方言中，見系、精系字多讀為舌面前音聲母，《中原音韻》及原始鹽城方言皆已分別讀為舌根音聲母及塞擦音聲母。

　　不過，依然有其例外，諸如：止攝開口三等字，見系讀為舌面前音（[tɕ]、[tɕʰ]、[ɕ]），精系讀為塞擦音聲母（[ts]、[tsʰ]、[s]）；止攝合口三等字，見系讀為舌根音（[k]、[kʰ]、[x]），精系讀為舌面前音（[tɕ]、[tɕʰ]、[ɕ]）；蟹攝開口四等字，見系無字，精系讀為舌根音（[k]、[kʰ]、[x]）；宕攝合口三等字，見系讀為舌根音（[k]、[kʰ]、[x]），精系無字；通攝合口三等字，見系讀為舌

根音（[k]、[kʰ]、[x]）或舌面前音（[tɕ]、[tɕʰ]、[ɕ]），精系讀為塞擦音聲母（[ts]、[tsʰ]、[s]）。

4.8　疑母字的演變

「疑母字的演變」係代表中古《切韻》架構的次濁聲母疑母字，在不同的韻母之下會變為 ŋ、v 或變為零聲母的情形。

簡單而言，疑母字在原始鹽城方言系統會發生：1. 疑母字（大部分）→∅；2. 疑母字（合口一、三等）→∅，但在某些情形之下會發生：3. 疑母字（開口一、二等）→ŋ；4. 疑母字（開口三、四等）→n。以下分項討論疑母字的情形。

4.8.1　疑母字的消失

透過統計，依據中古音架構而言，「疑母」在原始鹽城方言多會有零聲母化的情形，但在介音上有所分別，大部分沒有 u 介音，而某些合口一、三等則有 u 介音。

4.8.1.1　疑母字的消失（大部分）：∅（無 u 介音）

某些韻攝之合口一、三等字為∅聲母，沒有 u 介音。

以中古架構的「遇攝合口一等疑母字」為例：

表 169　遇攝合口一等疑母字舉例

例　字	中　古	《中原音韻》		《西儒耳目資》	原始鹽城方言
		韻　母	擬　音		
「吳」、「蜈~蚣」、「吾」、「梧~桐」、「邪」	遇合一疑平	魚模韻	u 陽平	u2	*ɔu2
「五」、「伍」、「午」	遇合一疑上	魚模韻	u 上聲	u3	*ɔu3
「誤」、「悟」	遇合一疑去	魚模韻	u 去聲	u5	*ɔu5

從上表來看，遇攝合口一等「次濁」疑母字，在原始鹽城方言、《中原音韻》及《西儒耳目資》都是零聲母，可見聲母在中古架構下的疑母 ŋ，若是在遇攝合口一等，則原始鹽城方言及《中原音韻》皆零聲母化為∅，且無 u 介音。

再以中古架構的「遇攝合口三等疑母字」為例：

表 170　遇攝合口三等疑母字舉例

例　字	中　古	《中原音韻》		《西儒耳目資》	原始鹽城方言
		韻　母	擬音		
「語」	遇合三疑上	魚模韻	iu 上聲	iu3	*y3
「御」	遇合三疑去	魚模韻	iu 去聲	iu5	*y5
「愚」、「虞」、「娛」	遇合三疑平	魚模韻	iu 陽平	iu2	*y2
「遇」	遇合三疑上	魚模韻	iu 去聲	iu5	*y1 *y5
「寓」	遇合三疑去	-	-	iu5	*y5

從上表來看，遇攝合口三等「次濁」疑母字，在原始鹽城方言、《中原音韻》、《西儒耳目資》都是零聲母，可見聲母在中古架構下的疑母 ŋ，若是在遇攝合口三等，則原始鹽城方言及《中原音韻》、《西儒耳目資》皆零聲母化為0，且無 u 介音。

4.8.1.2　疑母字的消失（合口一、三等）：0（有 u 介音）

某些韻攝之合口一、三等字為0聲母，但有 u 介音。

以中古架構的「蟹攝合口一等疑母字」為例：

表 171　蟹攝合口一等疑母字舉例

例　字	中　古	《中原音韻》		《西儒耳目資》	原始鹽城方言
		韻　母	擬　音		
「桅」	蟹合一疑平	齊微韻	ui 陽平	goei2	*uəɪ2
「外」	蟹合一疑去	皆來韻	uai 去聲	vai5	*uɛ1 *uɛ5

從上表來看，蟹攝合口一等「次濁」疑母字，在原始鹽城方言、《中原音韻》都有可能讀為0，在《西儒耳目資》都有可能讀為 g、v，聲母確切國際音標為 ŋ、v，可見聲母在中古架構下的疑母 ŋ，若是在蟹攝合口一等，則原始鹽城方言、《中原音韻》皆變為0，但有 u 介音，《西儒耳目資》都有可能讀為 ŋ、v。

再以中古架構的「止攝合口三等疑母字」為例：

表 172　止攝合口三等疑母字舉例

例　字	中　古	《中原音韻》		《西儒耳目資》	原始鹽城方言
		韻　母	擬　音		
「危」	止合三疑平	齊微韻	ui 陽平	goei2	*uəɪ1
「偽」	止合三疑去	-	-	goei5	*uəɪ3
「魏」	止合三疑去	齊微韻	ui 去聲	goei5	*uəɪ5

從上表來看，止攝合口三等「次濁」疑母字，在原始鹽城方言、《中原音韻》都有可能讀為0，在《西儒耳目資》讀為 g，可見聲母在中古架構下的疑母 ŋ，若是在止攝合口三等，則原始鹽城方言、《中原音韻》皆變為0，但有 u 介音，《西儒耳目資》讀為 ŋ。

4.8.2　疑母字的保留

透過統計，依據中古音架構而言，在某些情形之下會發生疑母字的保留，保留有 ŋ（開口一、二等）、n（開口三、四等）。以下分項討論之。

4.8.2.1　疑母字的保留（開口一、二等）：ŋ

某些韻攝之開口一、二等字保留有 ŋ 聲母。

以中古架構的「效攝開口一等疑母字」為例：

表 173　效攝開口一等疑母字舉例

例　字	中　古	《中原音韻》		《西儒耳目資》	原始鹽城方言
		韻　母	擬　音		
「熬」	效開一疑平	蕭豪韻	ŋɑu 陽平	gao2	*ŋɔ2
「傲」	效開一疑去	蕭豪韻	ŋɑu 去聲	gao5	*ŋɔ5 *ɔ5
「鰲」	效開一疑去	蕭豪韻	ŋɑu 去聲	gao5	*ɔ5

從上表來看，效攝開口一等「次濁」疑母字，在原始鹽城方言都有可能讀為0或ŋ，在《中原音韻》讀為 ŋ，在《西儒耳目資》讀為 g，聲母確切國際音標為 ŋ，可見聲母在中古架構下的疑母 ŋ，若是在效攝開口一等，則原始鹽城方言皆讀為0或 ŋ，《中原音韻》讀為 ŋ，《西儒耳目資》讀為 ŋ。

4.8.2.2　疑母字的保留（開口三、四等）：n

某些韻攝之開口三等字保留有 n 聲母。

以中古架構的「止攝開口三等疑母字」為例：

表 174　止攝開口三等疑母字舉例

例　字	中　古	《中原音韻》		《西儒耳目資》	原始鹽城方言
		韻　母	擬　音		
「蟻」	止開三疑上	齊微韻	i 上聲	i3	*i3
「義」、「議」	止開三疑去	齊微韻	i 去聲	i5	*i5

| 「疑」 | 止開三疑平 | 齊微韻 | i 陽平 | i2 | *i2 |
| 「擬」 | 止開三疑上 | 齊微韻 | i 上聲 | ni3 | *niĩ3 |

從上表來看，止攝開口三等「次濁」疑母字，在原始鹽城方言及《西儒耳目資》都有可能讀為∅或 n，在《中原音韻》讀為零聲母，可見聲母在中古架構下的疑母 ŋ，若是在止攝開口三等，則原始鹽城方言及《西儒耳目資》皆變為∅或 n，《中原音韻》讀為零聲母。

再以中古架構的「蟹攝開口四等疑母字」為例：

表 175　蟹攝開口四等疑母字舉例

例　字	中　古	《中原音韻》		《西儒耳目資》	原始鹽城方言
		韻　母	擬　音		
「倪」	蟹開四疑平	齊微韻	i 陽平	nɿ2	*niĩ2

從上表來看，蟹攝開口四等「次濁」疑母字，在原始鹽城方言及《西儒耳目資》都有可能讀為∅或 n，在《中原音韻》讀為零聲母可見聲母在中古架構下的疑母 ŋ，若是在蟹攝開口四等，則原始鹽城方言及《西儒耳目資》皆變為∅或 n，《中原音韻》讀為零聲母。

由上述中古《切韻》架構與原始鹽城方言、《中原音韻》、《西儒耳目資》的比較，「疑母字」演變的情形有以下二種：

表 176　「疑母字」的演變情形

中　古《切韻》架構	原始鹽城方言	《中原音韻》	《西儒耳目資》
疑母字（大部分）	∅	∅	∅
疑母字（合口一、三等）	ŋ、∅	∅	v
疑母字（開口一、二等）	ŋ	ŋ	ŋ
疑母字（開口三、四等）	∅、n	∅	∅、n

4.9　影母字的演變

「影母字的演變」係代表中古《切韻》架構的全清聲母影母字，在不同的韻母之下會變為 ŋ、v 或變為零聲母的情形。

簡單而言，影母字在原始鹽城方言系統會發生：

1. 影母字（果開三、遇攝……等）→∅；

2. 影母字（果開一、蟹開二……等）→ŋ；

3. 影母字（假開二、蟹開一……等）→0或ŋ；

4. 影母字（蟹合一、止合三……等）→0；

5. 影母字（例外）→其他。

以下分項討論影母字的情形。

4.9.1　影母字（果開三、遇攝……等）→0（無 u 介音）

透過統計，依據中古音架構而言，果開三、遇攝、蟹合二、止開三、效開三、流開三、咸開三、深開三、山開三、山開四、山合一、山合三、山合四、臻開三、宕開三、曾開三、梗開三、通攝者，「影母字」在原始鹽城方言多讀為零聲母0，且無 u 介音。

以中古架構的「遇攝影母字」為例：

表 177　遇攝影母字舉例

例　字	中　古	《中原音韻》		《西儒耳目資》	原始鹽城方言
		韻　母	擬　音		
「嗚」、「污」	遇合一影平	魚模韻	u 陰平	u1	*ɔu1
「惡恨，可~」	遇合一影去	魚模韻	iu 去聲	u5	*ɔu5
「於」	遇合一影平	魚模韻	iu 陽平	u5	*y2
「淤」	遇合一影平	-	-	-	*y1
「迂」	遇合一影平	魚模韻	iu 陰平	iu1	*y1

從上表來看，遇攝影母「全清」影母字，在原始鹽城方言、《中原音韻》、《西儒耳目資》的表現都是零聲母，可見聲母在中古架構下的影母ʔ，若是在遇攝，則原始鹽城方言、《中原音韻》、《西儒耳目資》皆零聲母化為0，且無 u 介音。

再以中古架構的「止攝開口三等影母字」為例：

表 178　止攝開口三等影母字舉例

例　字	中　古	《中原音韻》		《西儒耳目資》	原始鹽城方言
		韻　母	擬　音		
「倚」、「椅」	止開三影上	齊微韻	i 上聲	i1、i3	*i3
「伊」	止開三影平	齊微韻	i 陰平	i1	*i1
「醫」	止開三影上	齊微韻	i 陰平	i1	*i1

「意」	止開三影上	齊微韻	i 去聲	i5	*i5
「衣」、「依」	止開三影去	齊微韻	i 陰平	i1	*i1

從上表來看，止攝開口三等「全清」影母字，在原始鹽城方言、《中原音韻》、《西儒耳目資》都是零聲母，可見聲母在中古架構下的影母ʔ，若是在止攝開口三等，則原始鹽城方言、《中原音韻》、《西儒耳目資》皆零聲母化為∅，且無 u 介音。

再以中古架構的「流攝開口三等影母字」為例：

表 179　流攝開口三等影母字舉例

例　字	中　古	《中原音韻》		《西儒耳目資》	原始鹽城方言
		韻　母	擬　音		
「憂」、「優」	流開三影平	尤侯韻	iəu 陰平	ieu1	*iɤɯ1
「懮」	流開三影上	-	-	-	*iɤɯ1
「幽」	流開三影平	尤侯韻	iəu 陰平	ieu1	*iɤɯ1
「幼」	流開三影去	尤侯韻	iəu 去聲	ieu5	*iɤɯ5

從上表來看，流攝開口三等「全清」影母字，在原始鹽城方言、《中原音韻》、《西儒耳目資》都是零聲母，可見聲母在中古架構下的影母ʔ，若是在流攝開口三等，則原始鹽城方言、《中原音韻》、《西儒耳目資》皆零聲母化為∅，且無 u 介音。

再以中古架構的「咸攝開口三等影母字」為例：

表 180　咸攝開口三等影母字舉例

例　字	中　古	《中原音韻》		《西儒耳目資》	原始鹽城方言
		韻　母	擬　音		
「淹」、「閹」	咸開三影平	廉纖韻	iɛm 陰平	ien1	*iĩ1
「掩」、「魘」	咸開三影上	廉纖韻	iɛm 上聲	ien3	*iĩ3
「厭」	咸開三影平	廉纖韻	iɛm 去聲	ien5	*iĩ5
「魘」	咸開三影去	廉纖韻	iɛm 上聲	ieʔ7	*iɿʔ7
「腌」	咸開三影入	廉纖韻	iɛm 陰平	ieʔ7	*iĩ1

從上表來看，咸攝開口三等「全清」影母字，在原始鹽城方言、《中原音韻》、《西儒耳目資》都是零聲母，可見聲母在中古架構下的影母ʔ，若是在咸攝開口三等，則原始鹽城方言、《中原音韻》、《西儒耳目資》皆零聲母化為∅，且無

u 介音。

4.9.2 影母字（果開一、蟹開二……等）→ŋ

透過統計，依據中古音架構而言，果開一、蟹開二、效開一、咸開一、咸開二、山開一、臻開一、宕開一者，「影母字」在原始鹽城方言多讀為 ŋ。

以中古架構的「蟹攝開口二等影母字」為例：

表 181 蟹攝開口二等影母字舉例

例 字	中 古	《中原音韻》		《西儒耳目資》	原始鹽城方言
		韻 母	擬 音		
「挨」	蟹開二影平	皆來韻	iai 陰平	iai1	*ŋɛ1 *ŋɛ2
「矮」	蟹開二影上	皆來韻	iai 上聲	iai3	*ŋɛ3
「隘」	蟹開二影去	皆來韻	iai 去聲	iai5	*ŋɛ5

從上表來看，蟹攝開口二等「全清」影母字，在原始鹽城方言都是牙喉音 ŋ，在《中原音韻》、《西儒耳目資》讀為零聲母。可見聲母在中古架構下的影母ʔ，若是在蟹攝開口二等，則原始鹽城方言皆變為 ŋ，《中原音韻》、《西儒耳目資》讀為Ø。

再以中古架構的「宕攝開口一等影母字」為例：

表 182 宕攝開口一等影母字舉例

例 字	中 古	《中原音韻》		《西儒耳目資》	原始鹽城方言
		韻 母	擬 音		
「骯」	宕開一影平	-	-		*ŋa1
「惡善~」	宕開一影入	歌戈韻	ɔ入聲作去聲	o7	*ŋaʔ7
「堊」	宕開一影入	歌戈韻	ɔ入聲作去聲	o7	*ŋɒ5

從上表來看，宕攝開口一等「全清」影母字，在原始鹽城方言都是牙喉音 ŋ，在《中原音韻》、《西儒耳目資》讀為零聲母，可見聲母在中古架構下的影母ʔ，若是在宕攝開口一等，則原始鹽城方言皆變為 ŋ，《中原音韻》、《西儒耳目資》讀為Ø。

再以中古架構的「咸攝開口一等影母字」為例：

表 183　咸攝開口一等影母字舉例

例　字	中　古	《中原音韻》		《西儒耳目資》	原始鹽城方言
		韻　母	擬音		
「庵」	咸開一影平	監咸韻	am 陰平	gan1	*ŋæ1
「暗」	咸開一影入	監咸韻	am 去聲	gan1	*ŋəʔ7 *əʔ7

從上表來看，咸攝開口一等「全清」影母字，在原始鹽城方言都是牙喉音 ŋ，在《中原音韻》讀為零聲母，在《西儒耳目資》標記為 g，聲母確切國際音標為 ŋ，可見聲母在中古架構下的影母ʔ，若是在咸攝開口一等，則原始鹽城方言、《西儒耳目資》皆變為 ŋ，《中原音韻》讀為∅。

4.9.3　影母字（假開二、蟹開一……等）→∅或ŋ

透過統計，依據中古音架構而言，假開二、蟹開一、流開一、梗開二者，「影母字」在原始鹽城方言多讀為∅或ŋ。

以中古架構的「假攝開口二等影母字」為例：

表 184　假攝開口二等影母字舉例

例　字	中　古	《中原音韻》		《西儒耳目資》	原始鹽城方言
		韻　母	擬　音		
「鴉」	假開二影平	家麻韻	ia 陰平	ia1	*ŋɒ1 *iɒ1
「丫」	假開二影平	家麻韻	ia 陰平	ia1	*ɒ1 *iɒ1
「啞」	假開二影上	-	-	-	*ŋɒ3
「亞」	假開二影去	家麻韻	ia 去聲	ia3	*iɒ5

從上表來看，假攝開口二等「全清」影母字，在原始鹽城方言是零聲母或牙喉音 ŋ，如「亞」讀 iɒ5，「啞」讀 ŋɒ3，在《中原音韻》讀為零聲母，可見聲母在中古架構下的影母ʔ，若是在假攝開口二等，則原始鹽城方言零聲母化為∅或變為 ŋ，《中原音韻》、《西儒耳目資》讀為∅。

再以中古架構的「蟹攝開口一等影母字」為例：

表 185　蟹攝開口一等影母字舉例

例　字	中　古	《中原音韻》		《西儒耳目資》	原始鹽城方言
		韻　母	擬　音		
「哀」、「埃」	蟹開一影平	皆來韻	ai 陰平	gai1	*ŋɛ1

| 「愛」 | 蟹開一影去 | 皆來韻 | ai 去聲 | gai5 | *ŋɛ5 *ɛ5 |
| 「藹」 | 蟹開一影去 | 皆來韻 | ai 上聲 | gai3 | *ɛ3 |

從上表來看，蟹攝開口一等「全清」影母字，在原始鹽城方言是零聲母或牙喉音 ŋ，如「藹」讀*ɛ3，「哀」、「埃」讀*ŋɛ1，在《中原音韻》讀為零聲母，在《西儒耳目資》標記為 g，聲母確切國際音標為 ŋ，可見聲母在中古架構下的影母ʔ，若是在蟹攝開口一等，則原始鹽城方言皆零聲母化為0或變為 ŋ，《中原音韻》讀為0，《西儒耳目資》讀為 ŋ。

再以中古架構的「流攝開口一等影母字」為例：

表 186　流攝開口一等影母字舉例

例　字	中　古	《中原音韻》		《西儒耳目資》	原始鹽城方言
		韻　母	擬　音		
「歐」、「甌」	流開一影平	尤侯韻	əu 陰平	geu1	*ɣɯ1
「嘔」	流開一影上	尤侯韻	əu 上聲	geu3	*ŋɣɯ3
「毆」	流開一影上	尤侯韻	əu 上聲	geu3	*ɣɯ1
「漚」、「慪」	流開一影去	尤侯韻	əu 陰平	geu5	*ŋɣɯ5

從上表來看，流攝開口一等「全清」影母字，在原始鹽城方言是零聲母或牙喉音 ŋ，如「毆」讀*ɣɯ1，「嘔」讀*ŋɣɯ3，在《中原音韻》讀為零聲母，在《西儒耳目資》標記為 g，聲母確切國際音標為 ŋ，可見聲母在中古架構下的影母ʔ，若是在流攝開口一等，則原始鹽城方言皆零聲母化為0或變為 ŋ，《中原音韻》讀為0，《西儒耳目資》讀為 ŋ。

再以中古架構的「梗攝開口二等影母字」為例：

表 187　梗攝開口二等影母字舉例

例　字	中　古	《中原音韻》		《西儒耳目資》	原始鹽城方言
		韻　母	擬　音		
「櫻」	梗開二影平	庚青韻	iəŋ 陰平	im1	*ɣɯ1
「扼」、「軶」	梗開二影入	-	-	-	*ŋɣɯ5

從上表來看，梗攝開口二等「全清」影母字，在原始鹽城方言是零聲母或牙喉音 ŋ，如「櫻」讀*ɣɯ1，「扼」、「軶」讀*ŋɣɯ5，在《中原音韻》、《西儒耳目資》讀為零聲母，可見聲母在中古架構下的影母ʔ，若是在梗攝開口二等，則原始鹽城方言皆零聲母化為0或變為 ŋ，《中原音韻》、《西儒耳目資》讀為0。

4.9.4 影母字（蟹合一、止合三……等）→∅（有 u 介音）

透過統計，依據中古音架構而言，蟹合一、止合三、山合二、臻合一、宕合一、宕合三、江開二者，「影母字」在原始鹽城方言多讀為∅，且有 u 介音。

以中古架構的「止攝合口三等影母字」為例：

表 188　止攝合口三等影母字舉例

例　字	中　古	《中原音韻》		《西儒耳目資》	原始鹽城方言
		韻　母	擬　音		
「萎」	止合三影平	齊微韻	sui 陰平	uei3	*uəɪ3
「委」	止合三影上	齊微韻	ui 上聲	uei3	*uəɪ3
「餧」、「喂」	止合三影去	齊微韻	ui 去聲	uei5	*uəɪ5
「畏」、「慰」	止合三影去	齊微韻	ui 去聲	uei1	*uəɪ5

從上表來看，止攝合口三等「全清」影母字，在原始鹽城方言都是∅聲母，在《中原音韻》、《西儒耳目資》讀為零聲母，可見聲母在中古架構下的影母ʔ，若是在止攝合口三等，則原始鹽城方言皆變為∅，且有 u 介音，《中原音韻》、《西儒耳目資》讀為∅，且有 u 介音。

再以中古架構的「臻攝合口一等影母字」為例：

表 189　臻攝合口一等影母字舉例

例　字	中　古	《中原音韻》		《西儒耳目資》	原始鹽城方言
		韻　母	擬　音		
「溫」、「瘟」	臻合一影平	真文韻	uən 陰平	uen1	*uən1
「穩」	臻合一影上	真文韻	uən 上聲	uen3	*uən3

從上表來看，臻攝合口一等「全清」影母字，在原始鹽城方言都是∅聲母，在《中原音韻》、《西儒耳目資》讀為零聲母，可見聲母在中古架構下的影母ʔ，若是在臻攝合口一等，則原始鹽城方言皆變為∅，且有 u 介音，《中原音韻》、《西儒耳目資》讀為∅，且有 u 介音。

再以中古架構的「宕攝合口影母字」為例：

表 190　宕攝合口影母字舉例

| 例　字 | 中　古 | 《中原音韻》 | | 《西儒耳目資》 | 原始鹽城方言 |
		韻　母	擬　音		
「汪」	宕合一影平	江陽韻	uaŋ 陰平	vam1 / uam1	*uã1
「枉」	宕合三影上	江陽韻	uaŋ 上聲	uam3	*ua3

從上表來看，宕攝合口「全清」影母字，在原始鹽城方言都是0聲母，在《中原音韻》讀為零聲母，在《西儒耳目資》標記為 v 或零聲母，可見聲母在中古架構下的影母ʔ，若是在宕攝合口字，則原始鹽城方言皆變為0，且有 u 介音，《中原音韻》讀為0，且有 u 介音，《西儒耳目資》變為 v 或零聲母，且有 u 介音。

4.9.5　影母字（例外）→其他

透過統計，依據中古音架構而言，「影母字」在原始鹽城方言讀非0、ŋ 者屬於例外，以下舉例。

以中古架構的「蟹攝合口三等影母字」為例：

表 191　蟹攝合口三等影母字舉例

| 例　字 | 中　古 | 《中原音韻》 | | 《西儒耳目資》 | 原始鹽城方言 |
		韻　母	擬　音		
「穢」	蟹合三上影	齊微韻	ui 去聲	uei5 / goei5	*xuəɪ5

從上表來看，蟹攝開口三等「全清」影母字，在原始鹽城方言變為 x，如「穢」讀*xuəɪ5，在《中原音韻》讀為零聲母，在《西儒耳目資》標記為零聲母或 g，g 聲母確切國際音標為 ŋ，可見聲母在中古架構下的影母ʔ，若是在蟹攝開口三等，則原始鹽城方言皆變為 x，《中原音韻》讀為0，則《西儒耳目資》讀為 ŋ 或0。

再以中古架構的「效攝開口二等影母字」為例：

表 192　效攝開口二等影母字舉例

| 例　字 | 中　古 | 《中原音韻》 | | 《西儒耳目資》 | 原始鹽城方言 |
		韻　母	擬　音		
「拗」	效開二影上	蕭豪韻	au 去聲	iao5	*niɤɯ5

從上表來看，效攝開口二等「全清」影母字，在原始鹽城方言變為 n，如「拗」讀*niɤɯ5，在《中原音韻》、《西儒耳目資》讀為零聲母，可見聲母在中古架構

下的影母ʔ，若是在效攝開口二等，則原始鹽城方言、《中原音韻》、《西儒耳目資》皆零聲母化為Ø。

再以中古架構的「山攝開口三等影母字」為例：

表193　山攝開口三等影母字舉例

例　字	中　古	《中原音韻》		《西儒耳目資》	原始鹽城方言
		韻　母	擬　音		
「堰」	山開三影上	先天韻	ien 去聲	ien5	*iĩ1 *iĩ5

從上表來看，山攝開口三等「全清」影母字，在原始鹽城方言變為零聲母，如，「堰」白讀為*iĩ1，文讀為*iĩ5，在《中原音韻》、《西儒耳目資》讀為零聲母，可見聲母在中古架構下的影母ʔ，若是在山攝開口三等，則原始鹽城方言零聲母化為Ø，則《中原音韻》、《西儒耳目資》讀為Ø。

由上述中古《切韻》架構與原始鹽城方言、《中原音韻》、《西儒耳目資》的比較，「影母字」演變的情形有以下四種：

表194　「影母字」的演變情形

中　古《切韻》架構		原始鹽城方言	《中原音韻》	《西儒耳目資》
聲　母	韻　類			
影母字	果開三、遇攝、蟹合二、止開三、效開三、流開三、咸開三、深開三、山開三、山開四、山合一、山合三、山合四、臻開三、宕開三、曾開三、梗開三、通攝	Ø	Ø	Ø
影母字	果開一、蟹開二、效開一、咸開一、咸開二、山開一、臻開一、宕開一	ŋ	Ø	Ø或ŋ
影母字	假開二、蟹開一、流開一、梗開二	Ø或ŋ	Ø	Ø或ŋ
影母字	蟹合一、止合三、山合二、臻合一、宕合一、宕合三、江開二	Ø	Ø	Ø或v

4.10　于母字的零聲母化

代表中古《切韻》架構的次濁聲母喻母字，在中古時期分有喻三（于／云）及喻四（以／余），分別在三等及四等。「于母字的零聲母化」係指喻三（于／云）在往後演變之下零聲母化，促使喻三及喻四在大部分的情形都合流為零聲母。

首先，以中古架構的「遇攝三等喻母字」為例：

表 195　遇攝三等喻母字舉例

| 例　字 | 中　古 | 《中原音韻》 | | 《西儒耳目資》 | 原始鹽城方言 |
		韻　母	擬　音		
「余」、「餘」	遇開三以平	魚模韻	iu 陽平	iu2	*y2
「與及，給與」	遇開三以上	魚模韻	Iu 上聲	iu3	*y1
「譽榮譽」、「預」、「豫」	遇開三以去	魚模韻	iu 去聲	iu5	*y5
「于」、「盂」	遇合三于平	魚模韻	iu 陽平	iu2	*y2
「雨」、「宇」、「羽」	遇合三于上	魚模韻	iu 上聲	iu3	*y2
「芋」	遇合三于去	魚模韻	iu 去聲	iu5	*y1
「榆」、「逾」、「愉」	遇合三以平	魚模韻	iu 陽平	iu2	*y2
「愈」	遇合三以上	魚模韻	iu 上聲	-	*y5
「喻」	遇合三以去	-	-	-	*y3
「裕」	遇合三以去	魚模韻	iu 去聲	iu5	*y5

從上表來看，遇攝合口三等「次清」喻母字，不論喻三或喻四，在原始鹽城方言、《中原音韻》、《西儒耳目資》為零聲母，可見聲母在中古架構下的喻三ɣ或喻四0，若是在遇攝三等，則原始鹽城方言、《中原音韻》、《西儒耳目資》皆零聲母化為0。

再以中古架構的「咸攝開口三等喻母字」為例：

表 196　咸攝開口三等喻母字舉例

| 例　字 | 中　古 | 《中原音韻》 | | 《西儒耳目資》 | 原始鹽城方言 |
		韻　母	擬　音		
「炎」、「檐」	咸開三于平	廉纖韻	iɛm 陽平	iem2	*iĩ2
「閻」	咸開三以平	廉纖韻	iɛm 陽平	iem2	*iĩ2
「艷」、「焰」	咸開三以去	廉纖韻	iɛm 去聲	iem5	*iĩ5
「葉」	咸開三以入	車遮韻	iɛ入聲作去聲	ie7	*iĩʔ7

從上表來看，咸攝開口三等「次清」喻母字，不論喻三或喻四，在原始鹽城方言為、《中原音韻》、《西儒耳目資》零聲母，可見聲母在中古架構下的喻三ɣ或喻四0，若是在咸攝開口三等，則原始鹽城方言、《中原音韻》、《西儒耳目資》皆零聲母化為0。

再以中古架構的「流攝開口三等喻母字」為例：

表 197　流攝開口三等喻母字舉例

例　字	中　古	《中原音韻》		《西儒耳目資》	原始鹽城方言
		韻　母	擬　音		
「尤」、「郵」	流開三于平	尤侯韻	iəu 陽平	ieu2	*iɤu2
「有」、「友」	流開三于上	尤侯韻	iəu 上聲	ieu3	*iɤu3
「又」、「佑」	流開三于去	尤侯韻	iəu 去聲	ieu5	*iɤu1
「右」	流開三于去	尤侯韻	iəu 去聲	ieu5	*iɤu5
「由」、「油」、「游」、「猶」	流開三以平	尤侯韻	iəu 陽平	ieu2	*iɤu2
「悠悠悠」	流開三以平	尤侯韻	iəu 陽平	ieu1	*iɤu1
「酉」、「莠」、「誘」	流開三以上	尤侯韻	iəu 上聲	ieu3	*iɤu5
「柚」、「鼬」、「釉」	流開三以去	尤侯韻	iəu 去聲	ieu5	*iɤu5

從上表來看，流攝開口三等「次清」喻母字，不論喻三或喻四，在原始鹽城方言、《中原音韻》、《西儒耳目資》為零聲母，可見聲母在中古架構下的喻三ɣ或喻四Ø，若是在流攝開口三等，則原始鹽城方言、《中原音韻》、《西儒耳目資》皆零聲母化為Ø。

不過，依然有其例外，即蟹攝開口三等之喻三讀ɕ、喻四讀 l、止攝合口三等讀Ø（例外：「彙」讀為 x）、山攝合口三等讀 kʰ、tɕʰ、tɕ或Ø，以下進行舉例與分述。

以中古架構「蟹攝合口三等喻母字」為例：

表 198　蟹攝合口三等喻母字舉例

例　字	中　古	《中原音韻》		《西儒耳目資》	原始鹽城方言
		韻　母	擬　音		
「衛」	蟹合三于去	齊微韻	ui 去聲	uei5	*uəɪ5
「銳」	蟹合三以去	-	-	jui5	*luəɪ5

從上表來看，蟹攝合口三等「次清」喻母字，在原始鹽城方言喻三為讀Ø、喻四讀為 l，如「衛」讀*uəɪ5，聲母讀為Ø，如「銳」讀*luəɪ5，聲母讀為 l，可見聲母在中古架構下的喻三ɣ或喻四Ø，若是在蟹攝合口三等，則原始鹽城方言喻三為讀Ø、喻四讀為 l。

以中古架構「止攝開口三等喻母字」為例：

表 199　止攝開口三等喻母字舉例

例　字	中　古	《中原音韻》		《西儒耳目資》	原始鹽城方言
		韻　母	擬　音		
「為作～」	止開三于平	齊微韻	ui 陽平	uei5	*uəɹ1̱ *uəɹ5̱
「為～什麼」	止開三于去	-	-	-	*uəɹ3
「維」、「惟」	止開三以平	齊微韻	vui 陽平	uei2	*uəɹ2
「唯」	止開三以上	齊微韻	ui 上聲	uei2	*uəɹ2
「違」、「圍」、「韋」	止開三于平	齊微韻	vui 陽平	uei2	*uəɹ2
「偉」	止開三于上	齊微韻	ui 上聲	uei3	*uəɹ3
「葦蘆～」	止開三于上	齊微韻	ui 上聲	uei3	*uəɹ3
「緯」	止開三于去	齊微韻	ui 去聲	uei3	*uəɹ3
「胃」、「謂」	止開三于去	齊微韻	ui 去聲	uei5	*uəɹ5
「彙」	止開三于去	-	-	uei5	*xuəɹ5

從上表來看，止攝開口三等「次清」喻母字，在原始鹽城方言喻三、喻四讀為∅，如喻三「違」、「圍」、「韋」讀*uəɹ2，喻四「唯」讀*uəɹ2，聲母讀為∅，另如喻三「彙」讀*xuəɹ5，聲母讀為 x，可見聲母在中古架構下的喻三ɣ或喻四∅，若是在止攝開口三等，則原始鹽城方言喻三、喻四讀為∅，而喻三「彙」讀為 x。

以中古架構「山攝開口三等喻母字」為例：

表 200　山攝開口三等喻母字舉例

例　字	中　古	《中原音韻》		《西儒耳目資》	原始鹽城方言
		韻　母	擬　音		
「圓」、「員」	山開三于平	先天韻	iuɛn 陽平	iuen2	*yõ2
「院」	山開三于去	先天韻	iuɛn 去聲	iuen5	*yõ5
「緣」	山開三以平	先天韻	iɛn 陽平	iuen2	*yõ2
「沿」	山開三以平	先天韻	iɛn 陽平	ien2	*iĩ2
「鉛」	山開三以平	先天韻	iuɛn 陽平	ien2	*kʰæ1̱ *tɕʰiæ1̱
「捐」	山開三以平	先天韻	iuɛn 陽平	iuen2	*tɕyõ1
「悅」、「閱」	山開三以入	車遮韻	ȝuɛ 入聲作去聲	iue7	*yoʔ7

從上表來看，山攝開口三等「次清」喻母字，在原始鹽城方言喻三、喻四讀為∅，如喻三「圓」、「員」讀*yõ2，喻四「緣」讀*yõ2，聲母讀為零聲母，另如喻四「鉛」白讀為*kʰæ1，文讀為*tɕʰiæ1，聲母讀為 kʰ、tɕʰ，另如喻四「捐」讀

為*tɕɣõ1，聲母讀為 tɕ，可見聲母在中古架構下的喻三ɣ或喻四0，若是在山攝開口三等，則原始鹽城方言喻三、喻四讀為零聲母，而喻四「鉛」讀為 kʰ、tɕʰ，「捐」讀為 tɕ。

4.11　聲母的文白異讀

關於鹽城方言聲母的文白異讀，蔡華祥（2011：83～85）認為有兩種情形：1. 古仄聲全濁聲母字今讀塞音、塞擦音時，白讀送氣，文讀不送氣；2. 見系開口二等字今白讀聲母為 k-、kʰ-、ŋ-、x-，韻母是洪音，文讀聲母為 tɕ-、tɕʰ-、0-、ɕ-，韻母是細音。

首先，古仄聲全濁聲母字今讀塞音、塞擦音確實有「白讀送氣，文讀不送氣」的情形，茲錄現代鹽城方言「白讀送氣，文讀不送氣」的情形於下：

表 201　聲母的文白異讀：白讀送氣，文讀不送氣

例　字	中　古				現代鹽城方言	
	聲母	清濁	韻　母	聲調	白讀音	文讀音
「坐」	從母	全濁	果合一	上聲	tsʰo1	tso5
「部」	並母	全濁	遇合一	上聲	pʰu1	pu5
「肚」	定母	全濁	遇合一	上聲	tʰəu1	təu3
「步」	並母	全濁	遇合一	去聲	pʰu1	pu5
「渡」	定母	全濁	遇合一	去聲	tʰəu1	təu5
「柱」	澄母	全濁	遇合三	上聲	tsʰəu1	tsəu5
「袋」	定母	全濁	蟹開一	去聲	tʰe1	te5
「在」	從母	全濁	蟹開一	上聲	tsʰe1	tse5
「敗」	並母	全濁	蟹開二	去聲	pʰe1	pe5
「堤」	端母	全清	蟹開四	平聲	tɕʰi2	tɿ1
「罪」	從母	全濁	蟹合一	上聲	tɕʰyɪ1	tɕyɪ5
「翅」	書母	清	止開三	去聲	tsʰʅ5	tsʅ5
「鼻」	並母	全濁	止開三	去聲	pʰiʔ7	piʔ7
「字」	從母	全濁	止開三	去聲	tsʰɿ1	tsɿ5
「痔」	澄母	全濁	止開三	上聲	tsʰʅ5	tsʅ5
「事」	崇母	全濁	止開三	去聲	sʅ1	sʅ5
「隨」	邪母	濁	止合三	平聲	tɕʰyɪ2	tɕyɪ2

「跪」	群母	全濁	止合三	上聲	kʰuɪ1	kuɪ5
「櫃」	群母	全濁	止合三	去聲	kʰuɪ1	kuɪ5
「抱」	並母	全濁	效開一	上聲	pʰɔ1	pɔ5
「稻」	定母	全濁	效開一	上聲	tʰɔ1	tɔ5
「造」	從母	全濁	效開一	上聲	tsʰɔ5	tsɔ5
「轎」	群母	全濁	效開三	去聲	tɕʰiɔ1	tɕiɔ2
「叫」	見母	全清	效開四	去聲	tsʰɔ5	tɕiɔ5
「豆」	定母	全濁	流開一	去聲	tʰɯ1	tɯ5
「舅」	群母	全濁	流開三	上聲	tɕʰiɯ1	tɕiɯ5
「舊」	群母	全濁	流開三	去聲	tɕʰiɯ1	tɕiɯ5
「就」	從母	全濁	流開三	去聲	tɕʰiɯ1	tɕiɯ5
「淡」	定母	全濁	咸開一	上聲	tʰæ1	tæ5
「拔」	並母	全濁	山開二	入聲	pʰæʔ7	pæʔ7
「件」	群母	全濁	山開三	上聲	tɕʰɪ1	tɕɪ5
「斷~絕」	定母	全濁	山合一	上聲	tʰo1	to5
「斷決~」	定母	全濁	山合一	去聲	tʰo1	to5
「卞」	並母	全濁	山合三	去聲	pʰɪ1	pɪ5
「近」	群母	全濁	臻開三	上聲	tɕʰin1	tɕin5
「鈍」	定母	全濁	臻合一	去聲	tʰən1	tən5
「翔」	邪母	濁	宕開三	平聲	tɕʰia2	ɕia2
「丈」	澄母	全濁	宕開三	上聲	tsʰa1	tsa5
「匠」	從母	全濁	宕開三	去聲	tɕʰia1	tɕia5
「棒」	並母	全濁	江開二	上聲	pʰa1	pa5
「撞」	澄母	全濁	江開二	去聲	tɕʰya1	tɕya5
「降」	匣母	全濁	江開二	平聲	tɕʰia2	ɕia2
「直」	澄母	全濁	曾開三	入聲	tsʰəʔ7	tsəʔ7
「動」	定母	全濁	通合一	上聲	tʰɔŋ1	tɔŋ5
「洞」	定母	全濁	通合一	去聲	tʰɔŋ1	tɔŋ5
「軸」	澄母	全濁	通合三	入聲	tsʰɔʔ7	tsɔʔ7
「重輕~」	澄母	全濁	通合三	上聲	tsʰɔŋ1	tsɔŋ5

從上表觀之，「白讀送氣，文讀不送氣」的情形，大多係古仄聲全濁聲母字今讀塞音、塞擦音，不過依然有一些例外，諸如「堤」、「翅」、「叫」等中古清聲母

字，也有發生「白讀送氣，文讀不送氣」的情形，但真正最小對比情形的只有「叫」今白讀為 tsʰ，文讀為 ts，其他都有聲母的實際變化，諸如「堤」今白讀為 tɕʰ，文讀為 t，「翅」今白讀為 ts，文讀為 ts，「降」今白讀為 tɕʰ，文讀為 ɕ。

再來，見系開口二等字今白讀聲母為 k-、kʰ-、ŋ-、x-，韻母是洪音，文讀聲母為 tɕ-、tɕʰ-、∅-、ɕ-，韻母是細音，茲錄現代鹽城方言「見系的文白異讀」的情形於下：

表202　聲母的文白異讀：見系的文白異讀

例　字	中　古				現代鹽城方言	
	聲母	清濁	韻　母	聲調	白讀音	文讀音
「家」	見母	全清	假開二	平聲	kɒ1	tɕiɒ1
「牙」	疑母	次濁	假開二	平聲	ŋɒ2	iɒ2
「鴉」	影母	全清	假開二	平聲	ŋɒ1	iɒ1
「架」	見母	全清	假開二	去聲	kɒ5	tɕiɒ5
「屆」	見母	全清	蟹開二	去聲	ke5	tɕie5
「戒」	見母	全清	蟹開二	去聲	ke5	tɕie5
「械」	匣母	全濁	蟹開二	去聲	ke5	tɕie5
「崖」	疑母	次濁	蟹開二	平聲	ŋe3	iɒ2
「解~開」	見母	全清	蟹開二	上聲	ke3	tɕie3
「教~書」	見母	全清	效開二	平聲	kɔ1	tɕiɔ1
「覺睡~」	見母	全清	效開二	去聲	kɔ5	tɕiaʔ7
「孝」	曉母	次清	效開二	去聲	xɔ5	ɕiɔ5
「今」	見母	全清	深開三	平聲	kən1	tɕin1
「限」	匣母	全濁	山開二	上聲	xæ1	ɕiæ5
「軋」	影母	全清	山開二	入聲	kæʔ7	tsæʔ7
「顏」	疑母	次濁	山開二	平聲	ŋæ2	ɿ2
「鉛」	以母	次濁	山合三	平聲	kʰæ1	tɕʰiæ1
「項」	匣母	全濁	江開二	上聲	xa1	ɕia5
「巷」	匣母	全濁	江開二	去聲	xa1	ɕia5
「扼」、「軛」	影母	全清	梗開二	入聲	ŋəʔ7	əʔ7

從上表觀之可以發現，不只有中古見系開口二等字發生「今白讀聲母為 k-、kʰ-、ŋ-、x-，韻母是洪音，文讀聲母為 tɕ-、tɕʰ-、∅-、ɕ-，韻母是細音」，深攝

開口三等的「今」字及山攝合口三等的「鉛」字也有這樣的情形；此外，見系開口二等字今白讀聲母是 ŋ-韻母是洪音者，有一些文讀音的聲母Ø-，但韻母還是洪音，諸如梗攝開口二等的「扼」、「軛」白讀音聲母為 ŋ-，韻母是洪音，文讀音為Ø，韻母還是洪音。

而現代鹽城方言在聲母為 ŋ-的開口一等字也有白讀音聲母為 ŋ-，文讀音為Ø的情形，茲錄於下：

表 203　聲母的文白異讀：聲母為 ŋ-的開口一等字舉例

例　字	中　古				現代鹽城方言	
	聲母	清濁	韻　母	聲調	白讀音	文讀音
「艾」	疑母	次濁	蟹開一	去聲	ŋe1	e5
「傲」	疑母	次濁	效開一	去聲	ŋɔ5	ɔ5
「懊～悔」	影母	全清	效開一	去聲	ŋɔ5	ɔ5

最後，現代鹽城方言在聲母為 ŋ-的開口三等「牛」字有白讀音聲母為 ŋ-，文讀音為 n 的情形，茲錄於下：

表 204　聲母的文白異讀：聲母為 ŋ-的開口三等字舉例

例　字	中　古				現代鹽城方言	
	聲母	清濁	韻　母	聲調	白讀音	文讀音
「牛」	疑母	次濁	流開三	平聲	ŋɯ2	niɯ2

筆者認為，這是「混血音讀」的結果。白讀音 ŋɯ2 應係本來之音，文讀音 niɯ2 之 n 聲母恐係外來之音，即受北京音之影響，而韻母和聲調則是鹽城方言固有的。因此，白讀音 ŋɯ2、文讀音 niɯ2 二者當無演變關係。

第 5 章　從歷史語料看鹽城方言的韻母演變

第 5 章為〈從歷史語料看鹽城方言的韻母演變〉，分析原始鹽城方言的韻母特徵及歷時比較。

音節是漢語音韻學研究的基本單位，音位與音位組合起來構成的最小的語音結構單位，發出的音在聽覺上形成一個個語音片段，為語音中最自然的結構單位。漢語的一個語素通常就是一個音節，一般用一個漢字來表示。而在每一個漢語音節中，依然有其結構，筆者透過「快 kʰuai51」為例，如下表：

表 205　漢語音節的結構

快 kʰuai51	聲調 **T**　51（去聲）			
	聲母 **C**	韻母		
		介音 **M**（韻頭）	韻（韻基）	
			韻腹 **V**（主要元音）	韻尾 **E**
	kʰ	u	a	i

按上表所述，CMVE／T 代表漢語的一個音節，其中韻腹（主要元音）、聲調必須存在。此外，古代的音韻學總是把韻腹和韻尾看作一個單位，為便於指稱，現代有的學者如林燾、耿振生（1997：63）認為有必要給這樣的單位起一個名稱，稱為「韻基」。

故此，由上述漢語音節結構之說明，本章的韻母會先討論介音、韻尾（包括鼻音韻尾和入聲韻尾），最後再討論幾個漢語方言學中常見的幾個音韻分合現象和文白異讀。因此，本章的具體內容為：5.1 四呼問題；5.2 鼻音韻尾問題；5.3 入聲韻尾問題；5.4 從中古音看韻母的分合問題；5.5 韻母的文白異讀，亦即分為五部分來呈現。

此外，關於本論文所使用之韻攝，以聲韻學者將韻尾相同、韻腹相近的韻歸併為一類而產生的「韻攝」為討論對象。

5.1　四呼問題

漢語充當韻頭（介音）的通常都是元音。「四呼」用以指稱近現代漢語的「介音」系統，也就是從介音來給韻母進行分類，分有開口呼、齊齒呼、合口呼和撮口呼，以區別零介音（-∅）、-i-、-u-、-y-。而關於「四呼」的區別，得以開合、洪細區別之，[註1] 整理如下表：

表 206　四呼簡表

	開口-∅	合口-u
洪音-∅	開口洪音 -∅ 開口呼	合口洪音 -u 合口呼
細音-i	開口細音 -i 齊齒呼	合口細音 -iu 撮口呼

筆者以為，討論鹽城方言的「四呼」之前，還是要先界定鹽城方言韻母的音節構成問題。關於韻母的音節構成，應當有以下的看法：

1. 單元音韻母：只一個元音，它就是主要元音（V）。

2. 複合元音韻母：由兩個元音組成，響度大的是「主要元音」（V），響度小的是「次要元音」。複合元音中的「次要元音」，根據它與「主要元音」（V）的相對位置，有時分析為介音（M），有時分析為韻尾（E）。

3. 三合元音韻母：由三個元音組成，發音於一個單元音的時程內，舌位迅速移動三個位置。

〔註1〕「開合」係傳統音韻學分析韻頭和韻腹時使用的概念，即開口、合口。「洪細」乃發音時口腔共鳴空隙的大小差異：發音時口腔共鳴空隙較大的音，一、二等都沒有介音，稱為「洪音」。發音時口腔共鳴空隙較小的音，三、四等都有介音，稱為「細音」。（林燾、耿振生 1997：57～58）

故此，從上面的條例來看，某些鹽城方言韻母的音節構成就會需要先行討論：

1. 關於-ɿ、-i、-u、-y：從上面的條例而言，這三個韻母音節應當分析為主要元音（V）而非介音（M）；

2. 關於in、iʔ：從上面的條例而言，這兩個韻母音節響度大的是-i，應為「主要元音」（V），響度小的分別是-n、-ʔ，應為「次要元音」，而此二「次要元音」皆位於「主要元音」（V）的後方（右方），應為韻尾（E）。所以，這兩個韻母音節都是「主要元音」（V）加韻尾（E）的結構，反而沒有介音（M）的成分。

所以，為了解決上述的兩個問題，筆者採取相對「廣義」的「四呼」進行討論，關於-i、-u、-y 三音，雖然沒有介音成分，但在「廣義」的「四呼」上以齊齒呼、合口呼和撮口呼稱之；關於-ɿ、-in、-iʔ，雖然沒有介音成分，但在「廣義」的「四呼」上以齊齒呼稱之。於外，值得注意的是，從幾種的記音來看，-ɿ、-iʔ的記音都有些許不同，以中古山攝開口三、四等舉例，詳見下表：

表 207　中古山攝開口三、四等舉例

例　字	蘇 1993	蔡 2011	江 2015 老年	江 2015 青年	田野 2022
錢山開三		tɕʰɿ2	tɕʰiɿ2	tɕʰiɿ2	tɕʰi2
舌山開三	sɿʔ7	siʔ7	siɿʔ7	siɿʔ7	siʔ7
熱山開三	lɿʔ7	liʔ7	liɿʔ7	liɿʔ7	liʔ7
面山開三	mĩ1	mɿ5	miɿ1 / miɿ5	miɿ1	mi1
扁山開四	pĩ3	pɿ3			pi3
天山開四	tʰĩ1	tʰɿ1	tʰiɿ1	tʰiɿ1	tʰi1
田山開四	tʰĩ2	tʰɿ2	tʰiɿ2	tʰiɿ2	tʰi2

從上表來看可以發現，中古山攝開口三、四等的韻母在蔡 2011 記為-ɿ和-iʔ，但在江 2015 記為-iɿ和-iɿʔ，-iɿ就符合介音（M）加「主要元音」（V）的音節結構，iɿʔ即符合介音（M）加「主要元音」（V）加韻尾（E）的音節結構，所以將-ɿ視為齊齒呼應是正確。

經過上述稍嫌繁瑣的論述之後，筆者即按鹽城方言記音，透過中古《切韻》框架來觀察其「四呼」的分布情形，詳見下表：

表208　中古《切韻》框架下的鹽城方言「四呼」分布表

中古地位	鹽城方言四呼	鹽城方言韻母	場　合
果開一	開口呼	-o	
果開三	齊齒呼	-iɒ	見系
果合一	開口呼	-o	
果合三	齊齒呼	-iɒ	見系
	撮口呼	-yɒ	曉匣
假開二	開口呼	-ɒ	
	齊齒呼	-iɒ	
假開三	開口呼〔註2〕	-ɒ	蛇 sɒ2 蔗 tsɒ3 惹 lɒ3 有少數例外（耶ɒ3）
	齊齒呼	-iɒ	
	齊齒呼	-ɪ	
假合二	開口呼	-ɒ	有少數例外（傻 sɒ3）
	合口呼	-uɒ	
遇合一	合口呼	-u	幫系
		-əu	幫系除外
遇合三	合口呼	-əu	知系、莊系、章系
	撮口呼	-y	泥來、見系、影系、曉匣
蟹開一	開口呼	-e	
蟹開二	開口呼	-e	
	齊齒呼	-ie	少數見系、曉匣發生顎化
蟹開三	齊齒呼	-i	
蟹開四	齊齒呼	-i	
蟹合一	齊齒呼	-ɪ	幫系、端系、泥來、疑母、影母
	合口呼	-uɪ	見系、曉匣
	撮口呼	-yɪ	精系
蟹合二〔註3〕	合口呼	-ue	有少數例外（歪 ve1）〔註4〕
	合口呼	-uɒ	蛙 uɒ1 掛卦 kuɒ5 畫話 <u>xuɒ1 xuɒ5</u>

〔註2〕本論文以為，章系及日母字會使 i 介音脫落，故而產生開口呼讀。

〔註3〕鹽城方言蟹合二中有 -ue：-uɒ 的對比，其與臺灣華語的 -uai：-ua 正好形成對當，例字有「乖怪枴快：掛卦畫話」。

〔註4〕此係 u 介音及 v 聲母之間的問題，可見 78～79 頁 3.2.1.19〈*∅〉（1）之討論。

蟹合三	齊齒呼	-ɿ	非系
	合口呼	-uɿ	影系
	撮口呼	-yɿ	精系、知系、章系
蟹合四	合口呼	-uɿ	
	齊齒呼	-i	少數例外（畦 tɕʰi2）
止開三	齊齒呼	-i	幫系（與-ɿ互補）來母、見系、曉匣、影系
	齊齒呼	-ɿ	幫系（與-i互補）、端系、泥母
	開口呼	-ʅ	精系、知系、章系、莊系
止合三	齊齒呼	-ɿ	非系、來母、影系
	合口呼	-uɿ	見系、曉匣
	撮口呼	-yɿ	精系、章系
	撮口呼	-ye	莊系
效開一	開口呼	-ɔ	
效開二	開口呼	-ɔ	
	齊齒呼	-iɔ	少數見系、曉匣發生顎化
效開三	開口呼	-ɔ	知系、章系、莊系
	齊齒呼	-iɔ	知系、章系、莊系以外
效開四	齊齒呼	-iɔ	
流開一	開口呼	-o	幫系
	開口呼	-ɯ	幫系以外
流開三	開口呼	-ɯ	知系、章系、莊系、日母
	齊齒呼	-iɯ	泥來、精系、見系、曉匣、影系
	開口呼	-v	非系
咸開一	開口呼	-æ	
	開口呼	-æʔ	
咸開二	開口呼	-æ	
	開口呼	-æʔ	
	齊齒呼	-iæ	少數見系、曉匣發生顎化
	齊齒呼	-iæʔ	少數見系、曉匣發生顎化
咸開三	齊齒呼	-ɿ	
	齊齒呼	-iʔ	
咸開四	齊齒呼	-ɿ	
	齊齒呼	-iʔ	

咸合三	開口呼	-æ	
	開口呼	-æʔ	
深開三	開口呼	-ən	知系、章系、莊系
	開口呼	-əʔ	知系、章系、莊系
	齊齒呼	-in	知系、章系、莊系以外
	齊齒呼	-iʔ	知系、章系、莊系以外
山開一	開口呼	-æ	
	開口呼	-æʔ	端系、泥來、精系
	開口呼	-oʔ	見系、曉匣
山開二	開口呼	-æ	
	開口呼	-æʔ	
	齊齒呼	-iæ	少數見系、曉匣發生顎化
	齊齒呼	-iæʔ	少數見系、曉匣發生顎化
山開三	齊齒呼	-ɪ	
	齊齒呼	-iʔ	
山開四	齊齒呼	-ɪ	
	齊齒呼	-iʔ	
山合一	開口呼	-o	
	開口呼	-oʔ	
山合二	合口呼	-uæ	
	合口呼	-uæʔ	
	開口呼	-æ	疑母
	開口呼	-o	穿母、牀母
	撮口呼	-yæ	
	撮口呼	-yæʔ	
山合三	齊齒呼	-ɪ	幫系、來母
	撮口呼	-yo	精系、見系、曉匣、影系
	撮口呼	-yoʔ	精系、見系、影系
	撮口呼	-ye	少數例外（端 tɕʰye）
	開口呼	-o	知系、章系
	開口呼	-oʔ	章系
	開口呼	-æ	非系
	開口呼	-æʔ	非系

山合四	撮口呼	-yo	
	撮口呼	-yoʔ	
臻開一	開口呼	-ən	
臻開三	齊齒呼	-in	幫系、來母、精系、見系、曉匣、影系
	齊齒呼	-iʔ	幫系、來母、精系、見系、曉匣、影系
	齊齒呼	-iəʔ	少數例外（七漆 tɕʰiəʔ7）
	開口呼	-ən	知系、章系、莊系
	開口呼	-əʔ	知系、章系、莊系
臻合一	開口呼	-ən	幫系、端系、泥來、影系
	開口呼	-əʔ	幫系、端系
	撮口呼	-yən	精系
	開口呼	-ɔʔ	精系
	合口呼	-uən	見系、曉匣
	合口呼	-uəʔ	見系、曉匣
臻合三	開口呼	-ən	非系、來母、日母
	開口呼	-əʔ	非系
	撮口呼	-yən	知系、章系、見系、曉匣、影系
	撮口呼	-yəʔ	
宕開一	開口呼	-a	
	開口呼	-aʔ	
宕開三	開口呼	-a	知系、章系
	開口呼	-aʔ	知系、章系
	合口呼	-ua	莊系
	合口呼	-uaʔ	
	齊齒呼	-ia	泥來、精系、見系、曉匣、影系
	齊齒呼	-iaʔ	泥來、精系、見系、曉匣、影系
宕合一	合口呼	-ua	影母以外
	合口呼	-uaʔ	
	開口呼	-a	影母
宕合三	開口呼	-a	非系、影系
	開口呼	-ɔʔ	非系
	合口呼	-ua	見系、曉匣

江開二	開口呼	-a	幫系、泥母、見系、曉匣、影系
	開口呼	-aʔ	幫系、泥母、見系、曉匣、影系
	齊齒呼	-ia	少數見系、曉匣發生顎化
	齊齒呼	-iaʔ	少數見系、曉匣發生顎化
	撮口呼	-ya	知系、莊系
	撮口呼	-yaʔ	知系、莊系
曾開一	開口呼	-ɔŋ	幫系
	開口呼	-ɔʔ	幫系
	開口呼	-ne	幫系以外
	開口呼	-əʔ	幫系以外
曾開三	齊齒呼	-in	幫系、來母、曉匣、影系
	齊齒呼	-iʔ	幫系、泥來、精系、見系、影系
	開口呼	-ne	知系、章系
	開口呼	-əʔ	知系、莊系、章系
曾合一	開口呼	-ɔŋ	
	開口呼	-ɔʔ	
曾合三	開口呼	-əʔ	
梗開二	開口呼	-ɔŋ	幫系
	開口呼	-ɔʔ	幫系
	開口呼	-ne	幫系以外
	開口呼	-əʔ	幫系以外
	齊齒呼	-in	少數見系、曉匣發生顎化
梗開三	開口呼	-ne	知系、莊系、章系
	開口呼	-əʔ	知系、莊系、章系
	齊齒呼	-in	知系、莊系、章系以外
	齊齒呼	-iʔ	知系、莊系、章系以外
梗開四	齊齒呼	-in	
	齊齒呼	-iʔ	
梗合二	開口呼	-ɔŋ	
	開口呼	-ɔʔ	
	開口呼	-ua	少數例外（礦 kʰua5）〔註5〕

〔註5〕「礦」字的演變較宕合一的語音演變相似。

梗合三	齊齒呼	-iəŋ	
	齊齒呼	-in	
	開口呼	-əʔ	
梗合四	齊齒呼	-in	
	齊齒呼	-iəŋ	
通合一	開口呼	-oŋ	
	開口呼	-oʔ	
通合三	開口呼	-oŋ	
	開口呼	-oʔ	
	齊齒呼	-ioŋ	
	齊齒呼	-ioʔ	

上表大致呈現中古《切韻》框架下的鹽城方言「四呼」分布，以及所呈現的韻
母及出現場合。故此，若將上表的音韻現象，另以鹽城方言韻母為框架，排除
少數例外，而將中古《切韻》地位進行填入，將如下表：

表 209　鹽城方言韻母框架下的中古《切韻》地位分布表

	開口呼	齊齒呼	合口呼	撮口呼
非鼻音韻尾	**ɿ** 止開三	**i** 蟹開三　蟹開四 止開三	**u** 遇合一	**y** 遇合三
	a 宕開一　宕開三 宕合一　宕合三 江開二	**ia** 宕開三　江開二	**ua** 宕合一　宕合三	**ya** 宕開三　江開二
	ɒ 假開二　假開三 假合二	**iɒ** 果開三　果合三 假開二　假開三	**uɒ** 假合二	**yɒ** 果合三
	æ 咸開一　咸開二 咸合三　山開一 山開二　山合二 山合三	**iæ** 咸開二　山開二	**uæ** 山合二	**yæ** 山合二
	ɔ 效開一　效開三	**iɔ** 效開一　效開三 效開四		
	e 蟹開一　蟹開二	**ie** 蟹開二	**ue** 蟹合二	**ye** 止合三

o			yo
果開一　果合一 流開一　山合一 山合二　山合三			山合三　山合四
	ɪ	**ɯ**	**yɪ**
	假開三　蟹合一 蟹合三　蟹合四 止開三　止合三 咸開三　咸開四 山開三　山開四 山合三	蟹合一　蟹合三 蟹合四　止合三	蟹合一　蟹合三 止合三
ɯ	**iɯ**		
流開一　流開三	流開三		
v			
流開三			
əu			
遇合一　遇合三			
ən	**in**	**uən**	**yən**
深開三　臻開一 臻開三　臻合一 臻合三　曾開一 曾開三　梗開二 梗開三	深開三　臻開三 曾開三　梗開二 梗開三　梗開四 梗合三　梗合四	臻合一	臻合一　臻合三
ɔŋ	**iɔŋ**		
曾開一　曾合一 梗開二　梗合二 通合一　通合三	梗合三　梗合四 通合三		
aʔ	**iaʔ**	**uaʔ**	**yaʔ**
宕開一　宕開三 江開二	宕開三　江開二	宕合一	江開二
æʔ	**iæʔ**	**uæʔ**	**yæʔ**
咸開一　咸開二 咸合三　山開一 山開二　山合三	咸開二　山開二	山合二	山合二
ɔʔ	**iɔʔ**		
臻合一　宕合三 曾開一　曾合一 梗開二　梗合二 通合一　通合三	通合三		

鼻音韻尾（左）、塞音韻尾（左）

əʔ	iəʔ	uəʔ	yəʔ
深開三　臻開三 臻合一　臻合三 曾開一　曾開三 曾合三　梗開二 梗開三　梗合三	臻開三	臻合一	臻合三
oʔ 山開一　山合一 山合三			yoʔ 山合三　山合四
	iʔ 咸開三　咸開四 深開三　山開三 山開四　臻開三 曾開三　梗開三 梗開四		

成音節	m		
	n		
	ŋ		

從上表來看，除了 3 個出現次數極少的自成音節的鼻音 m、n、ŋ（僅姆 m5、嗯 n1、我 ŋ3），其他 54 個韻母音節，皆列有中古《切韻》之音韻地位。

於外，本論文發現，in 更早期的形式當為 iən，從內部構擬法的系統性觀點來看，入聲臻開三尚保留 iəʔ（七漆 tɕʰiəʔ7），然咸開三、咸開四、深開三、山開三、山開四、臻開三、曾開三、梗開三、梗開四已經變為 iʔ，而陽聲韻則全然變為 in，故以 iəʔ＞iʔ推測 iən＞in 當係成立，因此，本表將 in 與 ən、uən、yən 同列。

藉由上面兩張表，可以釐清中古《切韻》之音韻地位與原始鹽城方言語音之間的關係，並了解「四呼」的分布情形，可以確定的是，原始鹽城方言的介音係有零介音（-∅）、-i-、-u-、-y-。

另外，藉此二表，本章往後將先討論鼻音韻尾的相關問題及入聲韻尾的相關問題，之後列有韻攝的分合問題討論。故此，關於原始鹽城方言「四呼」與歷時文獻的討論，筆者將於 5.4〈從中古音看韻攝的分合問題〉與「韻攝」一同進行討論，相信如此的調整會更臻全面。

5.2 鼻音韻尾問題

我們都知道，中古《切韻》架構下，陰聲韻部沒有入聲韻（非陽聲韻尾）相配，自成一個韻系，而陽聲韻部（有 m、n、ŋ）和與之相配的入聲韻共同構成一個韻系。本節嘗試討論韻母中陽聲韻尾（鼻音韻尾）的相關問題，有雙唇鼻音韻尾-m 消失、齒齦鼻音韻尾-n 的保留與消失、軟顎鼻音韻尾-ŋ 的保留與消失三部分。

5.2.1 雙唇鼻音韻尾-m 消失

從中古《切韻》架構的視角觀察，十六攝產生出雙唇鼻音韻尾-m 的有深攝及咸攝，以下討論之。

首先，以深攝為中心考察。以中古架構的「深攝開口三等侵韻莊系字」為雙唇鼻音韻尾之例：

表 210　深攝開口三等侵韻莊系字舉例

例　字	中　古	《中原音韻》		《西儒耳目資》	原始鹽城方言
		韻　母	擬　音		
「參～差」	深開三初平	侵尋韻	-	c^hen1	*ts^hən1
「岑」	深開三崇平	侵尋韻	$tṣ^h$əm 陽平	cen2	*ts^hən2
「森」、「參人～」	深開三生平	侵尋韻	ṣəm 陰平	sen1	*sən1

從上表來看，在原始鹽城方言中，不論聲母如何變化，皆無雙唇鼻音韻尾-m 的記音，已變為-n 韻尾成分，亦即雙唇鼻音韻尾消失；在《中原音韻》中，不論聲母如何變化，依然有雙唇鼻音韻尾-m 的記音；在《西儒耳目資》中，已變為-n 韻尾成分。可見中古《切韻》架構下，在深攝開口三等陽聲韻中，董同龢在深攝開口三等所擬音的-jem，在《中原音韻》中，韻尾依然有雙唇鼻音韻尾-m 的記錄。在原始鹽城方言及《西儒耳目資》中，韻尾皆從雙唇鼻音韻尾-m 變為-n 韻尾，已不如中古《切韻》架構透過-m 尾進行收束。而所有的韻尾皆是這樣的呈現，即-m＞-n。

由上述中古《切韻》架構、《中原音韻》、《西儒耳目資》與原始鹽城方言的比較，「深攝鼻音韻尾」轉變的情形有以下：

表 211　「深攝鼻音韻尾」的轉變情形

中古《切韻》架構	原始鹽城方言	《中原音韻》	《西儒耳目資》
深攝-jem	-n	-m	-n

其次，以咸攝為中心考察。以中古架構的「咸攝開口一等覃韻端系字」為雙唇鼻音韻尾之例：

表 212　咸攝開口一等覃韻端系字舉例

例　字	中　古	《中原音韻》		《西儒耳目資》	原始鹽城方言
		韻　母	擬　音		
「耽」	咸開一端平	監咸韻	tam 陰平	tan1	*tæ̃1
「貪」	咸開一透平	監咸韻	tʰam 陰平	tʰan1	*tʰæ̃1
「潭」、「譚」	咸開一定平	監咸韻	tʰam 陽平	tʰan2	*tæ̃2

從上表來看，在原始鹽城方言中，不論聲母如何變化，皆無雙唇鼻音韻尾-m 的記音，且無韻尾成分，但有鼻化成分，亦即雙唇鼻音韻尾消失且鼻化，在《中原音韻》中，不論聲母如何變化，依然有雙唇鼻音韻尾-m 的記音，在《西儒耳目資》中，已變為-n 韻尾成分。可見中古《切韻》架構下，董同龢在咸攝開口一等所擬音的-Am／-ɑm，在原始鹽城方言中，韻尾皆從雙唇鼻音韻尾-m 變為零韻尾且鼻化，已不如中古《切韻》架構透過-m 尾進行收束。而在所有的咸攝開口一、二等陽聲韻中，韻尾皆是這樣的呈現，即-m＞-Ø。在《中原音韻》中，韻尾依然有雙唇鼻音韻尾-m 的記錄，在《西儒耳目資》從雙唇鼻音韻尾-m 變為-n 韻尾。

再以中古架構的「咸攝開口三等鹽韻精系字」為雙唇鼻音韻尾之例：

表 213　咸攝開口三等鹽韻精系字舉例

例　字	中　古	《中原音韻》		《西儒耳目資》	原始鹽城方言
		韻　母	擬　音		
「尖」、「殲」	咸開三精平	廉纖韻	tsiɛm 陰平	cien1	*tɕiĩ1
「簽」、「籤」	咸開三清平	廉纖韻	tsʰiɛm 陰平	cʰien1	*tɕʰiĩ1
「潛」	咸開三從平	廉纖韻	tsʰiɛm 陽平	cʰien2	*tɕiĩ2

從上表來看，在原始鹽城方言中，不論聲母如何變化，皆無雙唇鼻音韻尾-m 的記音，且無韻尾成分，但有鼻化成分，亦即雙唇鼻音韻尾消失且鼻化，在《中

原音韻》中，不論聲母如何變化，依然有雙唇鼻音韻尾-m 的記音，在《西儒耳目資》中，已變為-n 韻尾成分。可見中古《切韻》架構下，董同龢在咸攝開口三等所擬音的-jæm／-jɒm，在原始鹽城方言中，韻尾皆從雙唇鼻音韻尾-m 變為零韻尾，已不如中古《切韻》架構透過-m 尾進行收束。而在所有的咸攝開口開三、四等陽聲韻中，韻尾皆是這樣的呈現，即-m＞-∅，在《中原音韻》中，韻尾依然有雙唇鼻音韻尾-m 的記錄，在《西儒耳目資》從雙唇鼻音韻尾-m 變為-n 韻尾。

由上述中古《切韻》架構、《中原音韻》、《西儒耳目資》與原始鹽城方言的比較，「咸攝鼻音韻尾」轉變的情形有以下：

表 214 「咸攝鼻音韻尾」的轉變情形

中古《切韻》架構	原始鹽城方言	《中原音韻》	《西儒耳目資》
咸攝-Am／-ɑm	鼻化	-m	-n
咸攝-jæm／-jɒm	鼻化	-m	-n

5.2.2 齒齦鼻音韻尾-n 的保留與消失

從中古《切韻》架構的視角觀察，十六攝產生出齒齦鼻音韻尾-n 的有臻攝及山攝，以下討論之。

首先，以臻攝為中心考察。以中古架構的「臻攝開口三等真韻幫系字」為齒齦鼻音韻尾-n 之例：

表 215 臻攝開口三等真韻幫系字舉例

例　字	中　古	《中原音韻》		《西儒耳目資》	原始鹽城方言
		韻　母	擬　音		
「彬」、「賓」	臻開三幫平	全清	真文韻	pin1	*pin1
「貧」、「頻」	臻開三並平	全濁	真文韻	pʰin2	*pʰin2
「民」	臻開三明平	次濁	真文韻	min2	*min2

從上表來看，在原始鹽城方言及《中原音韻》、《西儒耳目資》中，不論聲母如何變化，齒齦鼻音韻尾-n 的記音皆有所保留，亦即齒齦鼻音韻尾保留。可見中古《切韻》架構下，董同龢在臻攝開口三等所擬音的-jen／-jěn，在原始鹽城方言及《中原音韻》、《西儒耳目資》中，韻尾皆保留-n 韻尾。而在所有的臻攝開

口陽聲韻中，韻尾皆是這樣的呈現，即-n＞-n。

再以中古架構的「臻攝合口一等魂韻幫系字」為齒齦鼻音韻尾-n 之例：

表 216 臻攝合口一等魂韻幫系字舉例

例 字	中 古	《中原音韻》		《西儒耳目資》	原始鹽城方言
		韻 母	擬 音		
「奔」	臻合一幫平	真文韻	puən 陰平	puen1	*pən1
「噴」	臻合一滂平	真文韻	p^huən 陰平	p^huen1	*p^hən1
「盆」	臻合一並平	真文韻	p^huən 陽平	p^huen2	*p^hən2
「門」	臻合一明平	真文韻	muən 陽平	muen1	*mən2

從上表來看，在原始鹽城方言及《中原音韻》、《西儒耳目資》中，不論聲母如何變化，齒齦鼻音韻尾-n 的記音皆有所保留，亦即齒齦鼻音韻尾保留。可見中古《切韻》架構下，董同龢在臻攝合口一等所擬音的-uən，在原始鹽城方言及《中原音韻》、《西儒耳目資》中，韻尾皆保留-n 韻尾。而在所有的臻攝合口陽聲韻中，韻尾皆是這樣的呈現，即-n＞-n。

由上述中古《切韻》架構、《中原音韻》、《西儒耳目資》與原始鹽城方言的比較，「臻攝鼻音韻尾」轉變的情形有以下：

表 217 「臻攝鼻音韻尾」的轉變情形

中古《切韻》架構	原始鹽城方言	《中原音韻》	《西儒耳目資》
臻攝	-n	-n	-n

其次，以山攝為中心考察。以中古架構的「山攝開口二等刪韻幫系字」為雙唇鼻音韻尾之例：

表 218 山攝開口二等刪韻幫系字舉例

例 字	中 古	《中原音韻》		《西儒耳目資》	原始鹽城方言
		韻 母	擬 音		
「班」、「斑」、「頒」、「扳」	山開二端平	寒山韻	puan 陰平	pan1	*pæ̃1
「攀」	山開二透平	寒山韻	p^huan 陰平	p^han1	*p^hæ̃1
「爿」	山開二定平	-	-	-	*p^hæ̃2
「蠻」	山開二明平	寒山韻	muan 陽平	man2	*mæ̃2

從上表來看，在原始鹽城方言中，不論聲母如何變化，皆無齒齦鼻音韻尾-n 的

記音，且無韻尾成分，但有鼻化成分，亦即齒齦鼻音韻尾消失且鼻化，而在《中原音韻》、《西儒耳目資》中，不論聲母如何變化，依然有齒齦鼻音韻尾-n 的記音。可見中古《切韻》架構下，董同龢在山攝開口二等所擬音的-æn，在原始鹽城方言中，韻尾皆從齒齦鼻音韻尾-n 變為零韻尾，已不如中古《切韻》架構透過-n 尾進行收束，在《中原音韻》、《西儒耳目資》中，韻尾依然有齒齦鼻音韻尾-n 的記錄。而在所有的山攝開口二等陽聲韻中，韻尾皆是這樣的呈現，即-n＞-∅。

再以中古架構的「山攝合口一等桓韻幫系字」為雙唇鼻音韻尾之例：

表 219　山攝合口一等桓韻幫系字舉例

| 例　字 | 中　古 | 《中原音韻》 | | 《西儒耳目資》 | 原始鹽城方言 |
		韻　母	擬　音		
「般」	山合一幫平	桓歡韻	puɔn 陰平	puon1	*põ1 *pæ̃1
「搬」	山合一幫平	桓歡韻	puɔn 陰平	puon1	*põ1
「潘」	山合一滂平	桓歡韻	pʰuɔn 陰平	pʰuon1	*pʰõ1
「盤」	山合一並平	桓歡韻	pʰuɔn 陽平	pʰuon2	*pʰõ2
「瞞」、「饅」	山合一明平	桓歡韻	muɔn 陽平	muon2	*mõ2

從上表來看，在原始鹽城方言中，不論聲母如何變化，皆無齒齦鼻音韻尾-n 的記音，且無韻尾成分，但有鼻化成分，亦即齒齦鼻音韻尾消失且鼻化，在《中原音韻》、《西儒耳目資》中，不論聲母如何變化，依然有齒齦鼻音韻尾-n 的記音。可見中古《切韻》架構下，董同龢在山攝合口一等所擬音的-uɑm，在原始鹽城方言中，韻尾皆從齒齦鼻音韻尾-n 變為零韻尾，已不如中古《切韻》架構透過-n 尾進行收束，在《中原音韻》、《西儒耳目資》中，韻尾依然有齒齦鼻音韻尾-n 的記錄。而在所有的山攝合口一等陽聲韻中，韻尾皆是這樣的呈現，即-n＞-∅。

由上述中古《切韻》架構、《中原音韻》、《西儒耳目資》與原始鹽城方言的比較，「山攝鼻音韻尾」轉變的情形有以下：

表 220　「山攝鼻音韻尾」的轉變情形

中古《切韻》架構	原始鹽城方言	《中原音韻》	《西儒耳目資》
山攝	鼻化	-n	-n

5.2.3 軟顎鼻音韻尾-ŋ 的保留與消失

從中古《切韻》架構的視角觀察，十六攝產生出軟顎鼻音韻尾-ŋ 的有通攝、江攝、宕攝、梗攝及曾攝，以下討論之。

首先，以通攝為中心考察。以中古架構的「通攝合口一等東韻端系字」為軟顎鼻音韻尾之例：

表 221　通攝合口一等東韻端系字舉例

| 例　字 | 中　古 | 《中原音韻》 | | 《西儒耳目資》 | 原始鹽城方言 |
		韻　母	擬　音		
「東」	通合一端平	東鍾韻	tuŋ 陰平	tum1	*toŋ1
「通」、「樋」	通合一透平	東鍾韻	tʰuŋ 陰平	tʰum1	*tʰoŋ1
「同」、「銅」、「桐」、「童」、「瞳」	通合一定平	東鍾韻	tʰuŋ 陽平	tʰum2	*tʰoŋ2

從上表來看，在原始鹽城方言及《中原音韻》、《西儒耳目資》中，不論聲母如何變化，軟顎鼻音韻尾-ŋ 的記音皆有所保留，亦即軟顎鼻音韻尾保留。可見中古《切韻》架構下，董同龢在通攝合口一等所擬音的-uŋ，在原始鹽城方言及《中原音韻》、《西儒耳目資》中，韻尾皆保留-ŋ 韻尾。而在所有的通攝合口一等陽聲韻中，韻尾皆是這樣的呈現，即-ŋ＞-ŋ。

再以中古架構的「通攝合口三等東韻非系字」為軟顎鼻音韻尾之例：

表 222　通攝合口三等東韻非系字舉例

| 例　字 | 中　古 | 《中原音韻》 | | 《西儒耳目資》 | 原始鹽城方言 |
		韻　母	擬　音		
「風」、「楓」、「瘋」	通合三非平	東鍾韻	fuŋ 陰平	fum1	*foŋ1
「豐」、「樋」	通合三敷平	東鍾韻	fuŋ 陰平	fum1	*foŋ1
「馮」	通合三奉平	東鍾韻	fuŋ 陽平	fum2	*foŋ2

從上表來看，在原始鹽城方言及《中原音韻》、《西儒耳目資》中，不論聲母如何變化，軟顎鼻音韻尾-ŋ 的記音皆有所保留，亦即軟顎鼻音韻尾保留。可見中古《切韻》架構下，董同龢在通攝合口三等所擬音的-juŋ，在原始鹽城方言及《中原音韻》、《西儒耳目資》中，韻尾皆保留-ŋ 韻尾。而在所有的通攝合口三等陽聲韻中，韻尾皆是這樣的呈現，即-ŋ＞-ŋ。

由上述中古《切韻》架構、《中原音韻》、《西儒耳目資》與原始鹽城方言的比較，「通攝鼻音韻尾」轉變的情形有以下：

表 223　「**通攝鼻音韻尾**」的轉變情形

中古《切韻》架構	原始鹽城方言	《中原音韻》	《西儒耳目資》
通攝	-ŋ	-ŋ	-ŋ

其次，以江攝為中心考察。以中古架構的「江攝開口二等江韻幫系字」為軟顎鼻音韻尾之例：

表 224　江攝開口二等江韻幫系字舉例

例　字	中　古	《中原音韻》		《西儒耳目資》	原始鹽城方言
		韻　母	擬　音		
「邦」	江開二幫平	江陽韻	puaŋ 陰平	pam1	*pã1
「龐」	江開二並平	江陽韻	pʰuaŋ 陽平	pʰam2	*pʰã2

從上表來看，在原始鹽城方言中，不論聲母如何變化，皆無軟顎鼻音韻尾-ŋ 的記音，且無韻尾成分，但有鼻化成分，亦即軟顎鼻音韻尾消失且鼻化，在《中原音韻》及《西儒耳目資》中，不論聲母如何變化，軟顎鼻音韻尾-ŋ 的記音皆有所保留。可見中古《切韻》架構下，董同龢在江攝開口二等所擬音的-ɔŋ，在原始鹽城方言及《中原音韻》中，韻尾皆從軟顎鼻音韻尾-ŋ 變為零韻尾，已不如中古《切韻》架構透過-ŋ 尾進行收束，在《西儒耳目資》尚有保留軟顎鼻音韻尾-ŋ。而在所有的江攝開口二等陽聲韻中，韻尾皆是這樣的呈現，即-ŋ＞-∅。

由上述中古《切韻》架構、《中原音韻》、《西儒耳目資》與原始鹽城方言的比較，「江攝鼻音韻尾」轉變的情形有以下：

表 225　「江攝鼻音韻尾」的轉變情形

中古《切韻》架構	原始鹽城方言	《中原音韻》	《西儒耳目資》
江攝	鼻化	-ŋ	-ŋ

再來，以宕攝為中心考察。以中古架構的「宕攝開口一等唐韻精系字」為軟顎鼻音韻尾之例：

表 226　宕攝開口一等唐韻精系字舉例

例　字	中　古	《中原音韻》		《西儒耳目資》	原始鹽城方言
		韻　母	擬　音		
「臧」	宕開一精平	江陽韻	tsaŋ 陰平	cam1	*tsã1
「倉」、「蒼」	宕開一清平	江陽韻	tsʰaŋ 陰平	cʰam1	*tsʰã1
「藏隱~」	宕開一從平	江陽韻	tsʰaŋ 陽平	cʰam2	*tsʰã2
「桑」	宕開一心平	江陽韻	saŋ 陰平	sam1	*sã1
「喪婚~」	宕開一心平	江陽韻	saŋ 陰平	sam1	*sã1 *sã5

從上表來看，在原始鹽城方言中，不論聲母如何變化，皆無軟顎鼻音韻尾-ŋ 的記音，且無韻尾成分，但有鼻化成分，亦即軟顎鼻音韻尾消失且鼻化，在《中原音韻》及《西儒耳目資》尚有軟顎鼻音韻尾-ŋ 的記音。可見中古《切韻》架構下，董同龢在宕攝開口一等所擬音的-ɑŋ，在原始鹽城方言中，韻尾皆從軟顎鼻音韻尾-ŋ 變為零韻尾，已不如中古《切韻》架構透過-ŋ 尾進行收束，在《中原音韻》及《西儒耳目資》尚有軟顎鼻音韻尾-ŋ 的記音。而在所有的宕攝開口一等陽聲韻中，韻尾皆是這樣的呈現，即-ŋ＞-Ø。

再以中古架構的「宕攝開口三等陽韻精系字」為軟顎鼻音韻尾之例：

表 227　宕攝開口三等陽韻精系字舉例

例　字	中　古	《中原音韻》		《西儒耳目資》	原始鹽城方言
		韻　母	擬　音		
「將」、「將」、「來」、「漿」	宕開三精平	江陽韻	tsiaŋ 陰平	ciam1	*tɕiã1
「槍」	宕開三清平	江陽韻	tsʰiaŋ 陰平	cʰiam1	*tɕʰiã1
「牆」	宕開三從平	江陽韻	tsʰiaŋ 陽平	cʰiam2	*tɕʰiã2
「相互~」、「箱」、「廂」、「湘」、「襄」、「鑲」	宕開三心平	江陽韻	siaŋ 陰平	siam1	*ɕiã1
「詳」、「祥」	宕開三邪平	江陽韻	siaŋ 陽平	siam2	*tɕʰiã2
「翔」	宕開三邪平	江陽韻	siaŋ 陽平	siam2	*tɕʰiã2 *ɕiã2

從上表來看，在原始鹽城方言中，不論聲母如何變化，皆無軟顎鼻音韻尾-ŋ 的記音，且無韻尾成分，但有鼻化成分，亦即軟顎鼻音韻尾消失且鼻化，在《中原音韻》及《西儒耳目資》尚有軟顎鼻音韻尾-ŋ 的記音。可見中古《切韻》架構下，董同龢在宕攝開口三等所擬音的-jɑŋ，在原始鹽城方言中，韻尾皆從軟

顎鼻音韻尾-ŋ 變為零韻尾，已不如中古《切韻》架構透過-ŋ 尾進行收束，在《中原音韻》及《西儒耳目資》有軟顎鼻音韻尾-ŋ 的記音。而在所有的宕攝開口三等陽聲韻中，韻尾皆是這樣的呈現，即-ŋ＞-∅。

　　再以中古架構的「宕攝合口一等唐韻曉匣母字」為軟顎鼻音韻尾之例：

表 228　宕攝合口一等唐韻曉匣母字舉例

例　字	中　古	《中原音韻》		《西儒耳目資》	原始鹽城方言
		韻　母	擬　音		
「荒」、「慌」	宕合一曉平	江陽韻	xuaŋ 陰平	hoam1	*xuã1
「黃」、「簧」、「皇」、「蝗」	宕合一匣平	江陽韻	xuaŋ 陽平	hoam2	*xuã2

從上表來看，在原始鹽城方言中，不論聲母如何變化，皆無軟顎鼻音韻尾-ŋ 的記音，且無韻尾成分，但有鼻化成分，亦即軟顎鼻音韻尾消失且鼻化，在《中原音韻》及《西儒耳目資》尚有軟顎鼻音韻尾-ŋ 的記音。可見中古《切韻》架構下，董同龢在宕攝合口一等所擬音的-jɑŋ，在原始鹽城方言中，韻尾皆從軟顎鼻音韻尾-ŋ 變為零韻尾，已不如中古《切韻》架構透過-ŋ 尾進行收束，在《中原音韻》及《西儒耳目資》有軟顎鼻音韻尾-ŋ 的記音。而在所有的宕攝合口一等陽聲韻中，韻尾皆是這樣的呈現，即-ŋ＞-∅。

　　再以中古架構的「宕攝合口三等陽韻非系字」為軟顎鼻音韻尾之例：

表 229　宕攝合口三等陽韻非系字舉例

例　字	中　古	《中原音韻》		《西儒耳目資》	原始鹽城方言
		韻　母	擬　音		
「方」	宕合三非平	江陽韻	fuaŋ 陰平	fam1	*fã1
「肪脂~」	宕合三非平	江陽韻	fuaŋ 陰平	fam1	*fã2
「芳」	宕合三敷平	江陽韻	fuaŋ 陰平	fam1	*fã1
「妨~害」	宕合三敷平	江陽韻	fuaŋ 陰平	fam1	*fã2
「房」、「防」	宕合三奉平	江陽韻	fuaŋ 陽平	fam2	*fã2
「亡」	宕合三微平	江陽韻	vuaŋ 陽平	vam2	*ã2
「芒」	宕合三微平	江陽韻	vuaŋ 陽平	vam2	*mã2

從上表來看，在原始鹽城方言中，不論聲母如何變化，皆無軟顎鼻音韻尾-ŋ 的記音，且無韻尾成分，但有鼻化成分，亦即軟顎鼻音韻尾消失且鼻化，在《中

原音韻》及《西儒耳目資》尚有軟顎鼻音韻尾-ŋ的記音。可見中古《切韻》架構下，董同龢在宕攝合口三等所擬音的-juɑŋ，在原始鹽城方言中，韻尾皆從軟顎鼻音韻尾-ŋ變為零韻尾，已不如中古《切韻》架構透過-ŋ尾進行收束，在《中原音韻》及《西儒耳目資》尚有軟顎鼻音韻尾-ŋ的記音。而在所有的宕攝開口合等陽聲韻中，韻尾皆是這樣的呈現，即-ŋ＞-∅。

　　由上述中古《切韻》架構、《中原音韻》、《西儒耳目資》與原始鹽城方言的比較，「宕攝鼻音韻尾」轉變的情形有以下：

表 230　「宕攝鼻音韻尾」的轉變情形

中古《切韻》架構	原始鹽城方言	《中原音韻》	《西儒耳目資》
宕攝	鼻化	-ŋ	-ŋ

　　接著，以梗攝為中心考察。以中古架構的「梗攝開口二等庚韻幫系字」為軟顎鼻音韻尾之例：

表 231　梗攝開口二等庚韻幫系字舉例

例　字	中　古	《中原音韻》		《西儒耳目資》	原始鹽城方言
		韻　母	擬　音		
「烹」	梗開二滂平	東鍾韻	pʰuŋ 陰平	pʰem1	*pʰŋ1
「彭」、「膨~脹」	梗開二並平	東鍾韻	pʰuŋ 陽平	pʰem2	*pʰŋ2
「盲」	梗開二明平	東鍾韻	muŋ 陽平	mem2	*ma2

從上表來看，在原始鹽城方言及《中原音韻》、《西儒耳目資》中，不論聲母如何變化，軟顎鼻音韻尾-ŋ的記音皆有所保留，亦即軟顎鼻音韻尾保留。可見中古《切韻》架構下，董同龢在梗攝開口二等所擬音的-ɐŋ／-æŋ，在原始鹽城方言及《中原音韻》、《西儒耳目資》中，韻尾皆保留-ŋ韻尾。而在梗攝開口二等幫系陽聲韻中，韻尾皆是這樣的呈現，即-ŋ＞-ŋ。

　　再以中古架構的「梗攝開口三等庚韻幫系字」為軟顎鼻音韻尾之例：

表 232　梗攝開口三等庚韻幫系字舉例

例　字	中　古	《中原音韻》		《西儒耳目資》	原始鹽城方言
		韻　母	擬　音		
「兵」	梗開三幫平	庚青韻	piəŋ 陰平	pim1	*pin1
「平」、「坪」、「評」	梗開三並平	庚青韻	pʰiəŋ 陽平	pʰim2	*pʰin2
「鳴」、「明」	梗開三明平	庚青韻	miəŋ 陽平	mim2	*min2

從上表來看，在原始鹽城方言中，不論聲母如何變化，皆無軟顎鼻音韻尾-ŋ的記音，已變為-n 韻尾成分，亦即軟顎鼻音韻尾消失，在《中原音韻》、《西儒耳目資》尚有軟顎鼻音韻尾-ŋ的記音。可見中古《切韻》架構下，董同龢在梗攝開口三等所擬音的-jɐŋ／-jɛŋ，在原始鹽城方言中，韻尾皆從軟顎鼻音韻尾-ŋ 變為-n，已不如中古《切韻》架構透過-ŋ 尾進行收束，在《中原音韻》、《西儒耳目資》尚有軟顎鼻音韻尾-ŋ的記音。而在幫系、來母、精系、見系、影系的梗攝開口三等陽聲韻中，韻尾皆是這樣的呈現，即-ŋ＞-n。

再以中古架構的「梗攝開口三等清韻知系字」為軟顎鼻音韻尾之例：

表 233　梗攝開口三等清韻知系字舉例

例　字	中　古	《中原音韻》		《西儒耳目資》	原始鹽城方言
		韻　母	擬　音		
「貞」	梗開三知平	庚青韻	tʂiəŋ 陰平	chim1	*tsən1
「蟶」、「偵」	梗開三徹平	庚青韻	tʂʰiəŋ 陰平	chim1	*tsən1
「呈」、「程」	梗開三澄平	庚青韻	tʂʰiəŋ 陽平	chʰim2	*tsʰən2

從上表來看，在原始鹽城方言中，不論聲母如何變化，皆無軟顎鼻音韻尾-ŋ的記音，已變為-n 韻尾成分，亦即軟顎鼻音韻尾消失，在《中原音韻》、《西儒耳目資》尚有軟顎鼻音韻尾-ŋ的記音。可見中古《切韻》架構下，董同龢在梗攝開口三等所擬音的-jɐŋ／-jɛŋ，在原始鹽城方言中，韻尾皆從軟顎鼻音韻尾-ŋ 變為-n，已不如中古《切韻》架構透過-ŋ 尾進行收束，在《中原音韻》、《西儒耳目資》尚有軟顎鼻音韻尾-ŋ 的記音。而在知系、章組的梗攝開口三等陽聲韻中，韻尾皆是這樣的呈現，即-ŋ＞-n。

再以中古架構的「梗攝開口四等青韻端系字」為軟顎鼻音韻尾之例：

表 234　梗攝開口四等青韻端系字舉例

例　字	中　古	《中原音韻》		《西儒耳目資》	原始鹽城方言
		韻　母	擬　音		
「丁」、「釘」、「疔」	梗開三端平	庚青韻	tiəŋ 陰平	tim1	*tsən1
「聽」、「廳」、「汀」	梗開三透平	庚青韻	tʰiəŋ 陰平	tʰim1	*tsən1
「停」、「亭」、「廷」、「庭」、「蜓」	梗開三定平	庚青韻	tʰiəŋ 陽平	tʰim2	*tsʰən2

從上表來看，在原始鹽城方言中，不論聲母如何變化，皆無軟顎鼻音韻尾-ŋ 的記音，已變為-n 韻尾成分，亦即軟顎鼻音韻尾消失，在《中原音韻》、《西儒耳目資》尚有軟顎鼻音韻尾-ŋ 的記音。可見中古《切韻》架構下，董同龢在梗攝開口四等所擬音的-ieŋ，在原始鹽城方言中，韻尾皆從軟顎鼻音韻尾-ŋ 變為-n，已不如中古《切韻》架構透過-ŋ 尾進行收束，在《中原音韻》、《西儒耳目資》尚有軟顎鼻音韻尾-ŋ 的記音。而在知系、章組的梗攝開口四等陽聲韻中，韻尾皆是這樣的呈現，即-ŋ＞-n。

再以中古架構的「梗攝合口二等耕韻曉匣母字」為軟顎鼻音韻尾之例：

表 235　梗攝合口二等耕韻曉匣母字舉例

| 例　字 | 中　古 | 《中原音韻》 | | 《西儒耳目資》 | 原始鹽城方言 |
		韻　母	擬　音		
「轟」、「揈」	梗合二曉平	東鍾韻 / 庚青韻	xueŋ 陰平	hum1	*xɔŋ1
「宏」	梗合二匣平	東鍾韻 / 庚青韻	xueŋ 陽平	hum2	*xɔŋ2

從上表來看，在原始鹽城方言及《中原音韻》、《西儒耳目資》中，不論聲母如何變化，軟顎鼻音韻尾-ŋ 的記音皆有所保留，亦即軟顎鼻音韻尾保留。可見中古《切韻》架構下，董同龢在梗攝合口二等所擬音的-ueŋ / -uæŋ，在原始鹽城方言及《中原音韻》、《西儒耳目資》中，韻尾皆保留-ŋ 韻尾。而在梗攝合口二等曉匣母陽聲韻中，韻尾皆是這樣的呈現，即-ŋ＞-ŋ，但有一例外，見母梗韻「礦」音為 kʰua5，則為-ŋ＞-∅。

再以中古架構的「梗攝合口三等清韻見系字」為軟顎鼻音韻尾之例：

表 236　梗攝合口三等清韻見系字舉例

| 例　字 | 中　古 | 《中原音韻》 | | 《西儒耳目資》 | 原始鹽城方言 |
		韻　母	擬　音		
「傾」	梗合三溪平	東鍾韻 / 庚青韻	kʰieŋ 陰平	kʰim1	*tɕʰiɔŋ1
「瓊」	梗合三群平	庚青韻	kʰiueŋ 陽平	kʰium2	*tɕʰiɔŋ2

從上表來看，在原始鹽城方言及《中原音韻》、《西儒耳目資》中，不論聲母如何變化，軟顎鼻音韻尾-ŋ 的記音皆有所保留，亦即軟顎鼻音韻尾保留。可見中古《切韻》架構下，董同龢在梗攝合口三等所擬音的-juaŋ / -juæŋ，在原始鹽城方言及《中原音韻》、《西儒耳目資》中，韻尾皆保留-ŋ 韻尾。而在梗攝合口三

等曉匣母陽聲韻中，韻尾皆是這樣的呈現，即-ŋ＞-ŋ，但有幾個例外，以母清韻「營」、「塋」及以母靜韻「穎」音為 in2 及 in3，則為-ŋ＞-n。

再以中古架構的「梗攝合口四等青韻匣母字」為軟顎鼻音韻尾之例：

表 237　梗攝合口四等青韻匣母字舉例

| 例　字 | 中　古 | 《中原音韻》 | | 《西儒耳目資》 | 原始鹽城方言 |
		韻　母	擬　音		
「螢」	梗合四匣平	庚青韻	iəŋ 陽平	im2	*in2

從上表來看，在原始鹽城方言中，不論聲母如何變化，皆無軟顎鼻音韻尾-ŋ 的記音，已變為-n 韻尾成分，亦即軟顎鼻音韻尾消失，在《中原音韻》、《西儒耳目資》尚有軟顎鼻音韻尾-ŋ 的記音。可見中古《切韻》架構下，董同龢在梗攝合口四等所擬音的-iueŋ，在原始鹽城方言中，韻尾皆從軟顎鼻音韻尾-ŋ 變為-n，已不如中古《切韻》架構透過-ŋ 尾進行收束，在《中原音韻》、《西儒耳目資》尚有軟顎鼻音韻尾-ŋ 的記音。但有幾個例外，匣母迥韻「迥」音為 tɕiɔŋ3，則為-ŋ＞-ŋ。

由上述中古《切韻》架構、《中原音韻》、《西儒耳目資》與原始鹽城方言的比較，「梗攝鼻音韻尾」轉變的情形有以下：

表 238　「梗攝鼻音韻尾」的轉變情形

中古《切韻》架構	原始鹽城方言	《中原音韻》	《西儒耳目資》
梗攝	-ŋ / -n	-ŋ	-ŋ

最後，以曾攝為中心考察。以中古架構的「曾攝開口一等登韻幫系字」為軟顎鼻音韻尾之例：

表 239　曾攝開口一等登韻幫系字舉例

| 例　字 | 中　古 | 《中原音韻》 | | 《西儒耳目資》 | 原始鹽城方言 |
		韻　母	擬　音		
「崩」	曾開一平幫	東鍾韻 / 庚青韻	puəŋ 陰平	pem1	*pɔŋ1
「朋」	曾開一平並	庚青韻	pʰuəŋ 陽平	pʰem2	*pʰɔŋ2

從上表來看，在原始鹽城方言及《中原音韻》、《西儒耳目資》中，不論聲母如何變化，軟顎鼻音韻尾-ŋ 的記音皆有所保留，亦即軟顎鼻音韻尾保留。可見中古《切韻》架構下，董同龢在曾攝開口一等所擬音的-əŋ，在原始鹽城方言及《中

原音韻》、《西儒耳目資》中，韻尾皆保留-ŋ 韻尾。而在曾攝開口一等幫系陽聲韻及曾攝合口一等曉匣母陽聲韻中，韻尾皆是這樣的呈現，即-ŋ＞-ŋ。

　　再以中古架構的「曾攝開口一等登韻精系字」為軟顎鼻音韻尾之例：

表 240　曾攝開口一等登韻精系字舉例

| 例　字 | 中　古 | 《中原音韻》 | | 《西儒耳目資》 | 原始鹽城方言 |
		韻　母	擬　音		
「曾姓氏」、「增」	曾開一精平	庚青韻	tsəŋ 陰平	cem1	*tsən1
「曾~經」、「層」	曾開一從平	庚青韻	tsʰəŋ 陽平	cʰem2	*tsʰən2
「僧」	曾開一心平	庚青韻	səŋ 陰平	sem1	*sən1

從上表來看，在原始鹽城方言中，不論聲母如何變化，皆無軟顎鼻音韻尾-ŋ 的記音，已變為-n 韻尾成分，亦即軟顎鼻音韻尾消失，在《中原音韻》、《西儒耳目資》尚有軟顎鼻音韻尾-ŋ 的記音。可見中古《切韻》架構下，董同龢在曾攝開口一等所擬音的-əŋ，在原始鹽城方言中，韻尾皆從軟顎鼻音韻尾-ŋ 變為-n，已不如中古《切韻》架構透過-ŋ 尾進行收束，在《中原音韻》、《西儒耳目資》尚有軟顎鼻音韻尾-ŋ 的記音。而在曾攝開口一等非幫母之陽聲韻及曾攝開口三等知母及章母、日母之陽聲韻中，韻尾皆是這樣的呈現，即-ŋ＞-n。

　　再以中古架構的「曾攝開口三等蒸韻幫系字」為軟顎鼻音韻尾之例：

表 241　曾攝開口三等蒸韻幫系字舉例

| 例　字 | 中　古 | 《中原音韻》 | | 《西儒耳目資》 | 原始鹽城方言 |
		韻　母	擬　音		
「冰」	曾開三幫平	庚青韻	piəŋ 陰平	pim1	*pin1
「憑」	曾開三並平	庚青韻	pʰiəŋ 陽平	pʰim2	*pʰin2

從上表來看，在原始鹽城方言中，不論聲母如何變化，皆無軟顎鼻音韻尾-ŋ 的記音，已變為-n 韻尾成分，亦即軟顎鼻音韻尾消失，在《中原音韻》、《西儒耳目資》尚有軟顎鼻音韻尾-ŋ 的記音。可見中古《切韻》架構下，董同龢在曾攝開口三等所擬音的-jəŋ，在原始鹽城方言中，韻尾皆從軟顎鼻音韻尾-ŋ 變為-n，已不如中古《切韻》架構透過-ŋ 尾進行收束，在《中原音韻》、《西儒耳目資》尚有軟顎鼻音韻尾-ŋ 的記音。而在曾攝開口三等幫系、來母、影系之陽聲韻中，韻尾皆是這樣的呈現，即-ŋ＞-n。

再以中古架構的「曾攝合口一等登韻匣母字」為軟顎鼻音韻尾之例：

表 242　曾攝合口一等登韻匣母字舉例

| 例　字 | 中　古 | 《中原音韻》 | | 《西儒耳目資》 | 原始鹽城方言 |
		韻　母	擬　音		
「弘」	曾合一匣平	東鍾韻／庚青韻	xuəŋ 陽平	hum2	*xəŋ2

從上表來看，在原始鹽城方言及《中原音韻》、《西儒耳目資》中，不論聲母如何變化，軟顎鼻音韻尾-ŋ 的記音皆有所保留，亦即軟顎鼻音韻尾保留。可見中古《切韻》架構下，董同龢在曾攝開口一等所擬音的-uəŋ，在原始鹽城方言及《中原音韻》、《西儒耳目資》中，韻尾皆保留-ŋ 韻尾。

　　由上述中古《切韻》架構、《中原音韻》、《西儒耳目資》與原始鹽城方言的比較，「曾攝鼻音韻尾」轉變的情形有以下：

表 243　「曾攝鼻音韻尾」的轉變情形

中古《切韻》架構	原始鹽城方言	《中原音韻》	《西儒耳目資》
曾攝	-ŋ／-n	-ŋ	-ŋ

5.3　入聲韻尾問題

　　我們都知道，中古《切韻》架構下，陰聲韻部沒有入聲韻（非陽聲韻尾）相配，自成一個韻系，而陽聲韻部（有 m、n、ŋ）和與之相配的入聲韻共同構成一個韻系，對應的入聲音有-p、-t、-k 三種入聲韻尾，若是入聲韻與陽聲韻相配，則韻尾的發音部位相同。以下透過「韻尾弱化」討論-p、-t、-k 三種入聲韻尾的弱化，並預先說明「入聲調類保留」的情形。

5.3.1　韻尾弱化

　　原始鹽城方言中，韻尾皆以喉塞音-ʔ進行收束，已不如中古《切韻》架構透過-p、-t、-k 尾進行收束。以下舉例並討論之。

5.3.1.1　入聲韻尾-p

　　從中古《切韻》架構的視角觀察，十六攝產生出入聲韻尾-p 的有深攝及咸攝，以下討論之。

　　以中古架構的「咸攝開口一等合韻端系字」為-p 尾之例：

表244　咸攝開口一等合韻端系字舉例

例　字	中　古	《中原音韻》		《西儒耳目資》	原始鹽城方言
		韻　母	擬　音		
「答」	咸開一端入	家麻韻	ta 入聲作上聲	ta7	*tæʔ7
「搭」				tʰa7	*tæʔ7
「踏」	咸開一透入	家麻韻	ta 入聲作平聲	ta7	*tʰæʔ7
「塌」				tʰa7	*tʰæʔ7
「沓」	咸開一定入	家麻韻	ta 入聲作平聲	tʰa7	*tæʔ7
「納」	咸開一泥入	家麻韻	na 入聲作去聲	na7	*næʔ7

從上表來看，在原始鹽城方言中，不論聲母如何變化，每個記音皆透過喉塞音 -ʔ標音，以保留入聲音，在《中原音韻》標記為入聲作某聲，在《西儒耳目資》標記為入聲音。可見中古《切韻》架構下，董同龢在咸攝開口一等入聲所擬音的 -Ap，在原始鹽城方言中，韻尾皆以喉塞音 -ʔ進行收束，已不如中古《切韻》架構透過 -p 尾進行收束，在《中原音韻》標為入聲音，在《西儒耳目資》標為入聲音。

再以中古架構的「深攝開口三等緝韻精系字」為 -p 尾之例：

表245　深攝開口三等緝韻精系字舉例

例　字	中　古	《中原音韻》		《西儒耳目資》	原始鹽城方言
		韻　母	擬　音		
「緝」	深開三清入	-	-	cʰie7	*tɕiʔ7
「集」、「輯編~」	深開三從入	齊微韻	tsi 入聲作平聲	cie7	*tɕiʔ7
「習」、「襲」	深開三邪入	齊微韻	si 入聲作平聲	sie7	*ɕiʔ7

從上表來看，在原始鹽城方言中，不論聲母如何變化，每個記音皆透過喉塞音 -ʔ標音，以保留入聲音，在《中原音韻》標記為入聲作某聲，在《西儒耳目資》標記為入聲音。可見中古《切韻》架構下，董同龢在深攝開口三等入聲所擬音的 -jep，在原始鹽城方言中，韻尾皆以喉塞音 -ʔ進行收束，已不如中古《切韻》架構透過 -p 尾進行收束，在《中原音韻》標為入聲音，在《西儒耳目資》標為入聲音。

5.3.1.2　入聲韻尾 -t

從中古《切韻》架構的視角觀察，十六攝產生出入聲韻尾 -t 的有臻攝及山

攝，以下討論之。

以中古架構的「臻攝開口三等質韻幫系字」為-t尾之例：

表246　臻攝開口三等質韻幫系字舉例

例　字	中　古	《中原音韻》		《西儒耳目資》	原始鹽城方言
		韻　母	擬　音		
「筆」	臻開三幫入	齊微韻	pui 入聲作上聲	pie7	*piɪʔ7
「畢」	臻開三幫入	齊微韻	pi 入聲作上聲	pie7	*piɪʔ7
「匹一～布」	臻開三滂入	齊微韻	pʰi 入聲作上聲	pʰie7	*piɪʔ7
「弼」、「泌」	臻開三並入	-	-	pie7	*piɪʔ7
「蜜」	臻開三明入	齊微韻	mi 入聲作去聲	mie7	*miɪʔ7
「宓」	臻開三明入	齊微韻	mui 入聲作去聲	mie7	*miɪʔ7

從上表來看，在原始鹽城方言中，不論聲母如何變化，每個記音皆透過喉塞音-ʔ標音，以保留入聲音，在《中原音韻》標記為入聲作某聲，在《西儒耳目資》標記為入聲音。可見中古《切韻》架構下，董同龢在臻攝開口三等入聲所擬音的-jet，在原始鹽城方言中，韻尾皆以喉塞音-ʔ進行收束，已不如中古《切韻》架構透過-t尾進行收束，在《中原音韻》標為入聲音，在《西儒耳目資》標為入聲音。

再以中古架構的「山攝開口三等薛韻知系字」為-t尾之例：

表247　山攝開口三等薛韻知系字舉例

例　字	中　古	《中原音韻》		《西儒耳目資》	原始鹽城方言
		韻　母	擬　音		
「哲」、「蜇」	山開三知入	車遮韻	tʂiɛ 入聲作上聲	che7	*tsiɪʔ7
「徹」、「撤」	山開三徹入	車遮韻	tʂʰiɛ 入聲作上聲	cʰhe7	*tsʰiɪʔ7
「轍」	山開三澄入	車遮韻	tʂʰiɛ 入聲作上聲	cʰhe7	*tsiɪʔ7

從上表來看，在原始鹽城方言中，不論聲母如何變化，每個記音皆透過喉塞音-ʔ標音，以保留入聲音，在《中原音韻》標記為入聲作某聲，在《西儒耳目資》標記為入聲音。可見中古《切韻》架構下，董同龢在山攝開口三等入聲所擬音的-jæt，在原始鹽城方言中，韻尾皆以喉塞音-ʔ進行收束，已不如中古《切韻》架構透過-t尾進行收束，在《中原音韻》標為入聲音，在《西儒耳目資》標為入聲音。

5.3.1.3　入聲韻尾-k

從中古《切韻》架構的視角觀察，十六攝產生出入聲韻尾-k 的有通攝、江攝、宕攝、梗攝及曾攝，以下討論之。

以中古架構的「通攝合口一等屋韻幫系字」為-k 尾之例：

表 248　通攝合口一等屋韻幫系字舉例

例　字	中　古	《中原音韻》		《西儒耳目資》	原始鹽城方言
		韻　母	擬　音		
「卜」	通合一幫入	魚模韻	pu 入聲作上聲	poʔ	*poʔ7
「撲」、「醭」	通合一滂入	魚模韻	pʰu 入聲作上聲	pʰoʔ	*poʔ7
「僕」、「曝」、「瀑」	通合一並入	魚模韻	pʰu 入聲作平聲	pʰoʔ	*poʔ7
「木」	通合一明入	魚模韻	mu 入聲作去聲	moʔ	*moʔ7

從上表來看，在原始鹽城方言中，不論聲母如何變化，每個記音皆透過喉塞音-ʔ標音，以保留入聲音，在《中原音韻》標記為入聲作某聲，在《西儒耳目資》標記為入聲音。可見中古《切韻》架構下，董同龢在通攝合口一等入聲所擬音的-uk，在原始鹽城方言中，韻尾皆以喉塞音-ʔ進行收束，已不如中古《切韻》架構透過-k 尾進行收束，在《中原音韻》標為入聲音，在《西儒耳目資》標為入聲音。

再以中古架構的「江攝開口二等覺韻幫系字」為-k 尾之例：

表 249　江攝開口二等覺韻幫系字舉例

例　字	中　古	《中原音韻》		《西儒耳目資》	原始鹽城方言
		韻　母	擬　音		
「剝」、「駁」	江開二幫入	蕭豪韻	pau 入聲作上聲	poʔ	*paʔ7
「樸」、「朴」	江開二滂入	-	-	pʰoʔ	*pʰaʔ7
「雹」	江開二並入	-	-	poʔ	*paʔ7

從上表來看，在原始鹽城方言中，不論聲母如何變化，每個記音皆透過喉塞音-ʔ標音，以保留入聲音，在《中原音韻》標記為入聲作某聲，在《西儒耳目資》標記為入聲音。可見中古《切韻》架構下，董同龢在江攝開口二等入聲所擬音的-ɔk，在原始鹽城方言中，韻尾皆以喉塞音-ʔ進行收束，已不如中古《切韻》架構透過-k 尾進行收束，在《中原音韻》標為入聲音，在《西儒耳目資》

標為入聲音。

再以中古架構的「宕攝開口三等藥韻精系字」為-k尾之例：

表250　宕攝開口三等藥韻精系字舉例

| 例　字 | 中　古 | 《中原音韻》 | | 《西儒耳目資》 | 原始鹽城方言 |
		韻　母	擬　音		
「爵」	宕開三精入	蕭豪韻	tsiau 入聲作上聲	cio7	*tɕiaʔ7
「鵲」	宕開三清入	蕭豪韻	tsʰiau 入聲作上聲	cʰio7	*tɕʰiaʔ7
「嚼」	宕開三從入	-	-	cio7	*tɕiaʔ7
「削」	宕開三心入	蕭豪韻	siau 入聲作上聲	sio7	*ɕiaʔ7

從上表來看，在原始鹽城方言中，不論聲母如何變化，每個記音皆透過喉塞音-ʔ標音，以保留入聲音，在《中原音韻》標記為入聲作某聲，在《西儒耳目資》標記為入聲音。可見中古《切韻》架構下，董同龢在宕攝開口三等入聲所擬音的-jak，在原始鹽城方言中，韻尾皆以喉塞音-ʔ進行收束，已不如中古《切韻》架構透過-k尾進行收束，在《中原音韻》標為入聲音，在《西儒耳目資》標為入聲音。

再以中古架構的「梗攝開口二等陌韻幫系字」為-k尾之例：

表251　梗攝開口二等陌韻幫系字舉例

| 例　字 | 中　古 | 《中原音韻》 | | 《西儒耳目資》 | 原始鹽城方言 |
		韻　母	擬　音		
「百」、「柏」	梗開二入幫	皆來韻	pai 入聲作上聲	pe7	*pɔʔ7
「拍」、「魄」	梗開二入滂	皆來韻	pʰai 入聲作上聲	pʰe7	*pʰɔʔ7
「白」、「帛」	梗開二入並	皆來韻	pai 入聲作平聲	pe7	*pʰɔʔ7 *pɔʔ7
「陌」	梗開二入明	皆來韻	mai 入聲作去聲	me7	*maʔ7

從上表來看，在原始鹽城方言中，不論聲母如何變化，每個記音皆透過喉塞音-ʔ標音，以保留入聲音，在《中原音韻》標記為入聲作某聲，在《西儒耳目資》標記為入聲音。可見中古《切韻》架構下，董同龢在梗攝開口二等入聲所擬音的-ɐk，在原始鹽城方言中，韻尾皆以喉塞音-ʔ進行收束，已不如中古《切韻》架構透過-k尾進行收束，在《中原音韻》標為入聲音，在《西儒耳目資》標為入聲音。

再以中古架構的「曾攝開口一等德韻端系字」為-k 尾之例：

表 252　曾攝開口一等德韻端系字舉例

| 例　字 | 中　古 | 《中原音韻》 | | 《西儒耳目資》 | 原始鹽城方言 |
		韻　母	擬　音		
「得」、「德」	曾開一端入	齊微韻	tei 入聲作上聲	te7	*təʔ7
「忒」	曾開一透入	-	-	tʰe7	*tʰəʔ7
「特」	曾開一定入	-	-	tʰe7	*tʰəʔ7

從上表來看，在原始鹽城方言中，不論聲母如何變化，每個記音皆透過喉塞音-ʔ標音，以保留入聲音，在《中原音韻》標記為入聲作某聲，在《西儒耳目資》標記為入聲音。可見中古《切韻》架構下，董同龢在曾攝開口一等入聲所擬音的-ək，在原始鹽城方言中，韻尾皆以喉塞音-ʔ進行收束，已不如中古《切韻》架構透過-k 尾進行收束，在《中原音韻》標為入聲音，在《西儒耳目資》標為入聲音。

5.3.1.4　小結

可見不論聲母如何變化，韻尾皆以喉塞音-ʔ進行收束，保留入聲音，不過已不如中古《切韻》架構透過-p、-t、-k 尾進行收束。

5.3.2　入聲調類保留

承上一節而言。可見原始鹽城方言與中古《切韻》架構的對應，中古入聲字在原始鹽城方言中大多保有入聲音，即「入聲調類保留」。以下舉例並討論之。

5.3.2.1　中古《切韻》架構與原始鹽城方言的「入聲調類保留」

以「咸攝開口一等入聲端系字」為例：

表 253　咸攝開口一等入聲端系字舉例

| 例　字 | 中　古 | | | | 原始鹽城方言 |
	聲母	清濁	韻　母	聲調	
「答」、「搭」	端母	全清	咸開一	入聲	*tæʔ7
「踏」、「塌」	透母	次清	咸開一	入聲	*tʰæʔ7
「沓」	定母	全濁	咸開一	入聲	*tæʔ7
「納」	泥母	次濁	咸開一	入聲	*næʔ7

從上表來看。可見不論聲母如何變化，韻尾皆以喉塞音-ʔ進行收束，保留入聲的短促音。

再以「江攝開口二等入聲知系字」為例：

表254　江攝開口二等入聲知系字舉例

例　字	中　古				原始鹽城方言
	聲　母	清　濁	韻　母	聲　調	
「桌」、「卓」、「啄」、「琢」、「涿」	知母	全清	江開二	入聲	*tɕyaʔ7
「逴」	徹母	次清	江開二	入聲	*tɕʰyaʔ7
「濁」	澄母	全濁	江開二	入聲	*tɕyaʔ7

從上表來看。可見不論聲母如何變化，韻尾皆以喉塞音-ʔ進行收束，保留入聲的短促音。由上可見，中古《切韻》架構的入聲音之字在原始鹽城方言大多依然讀入聲。

不過，也有已經「入派三聲」者，將於6.3〈入派三聲〉進行討論。

5.3.2.2　《中原音韻》的「入聲調類保留」情形

周德清《中原音韻·序》言：

> 蓋其不悟聲分平、仄，字別陰、陽。夫聲分平、仄者，謂無入聲，
> 以入聲派入平、上、去三聲也。作平者最為緊切，施之句中，不可
> 不謹。派入三聲者，廣其韻耳。有才者本韻自足矣。

承引文所言，加上李惠綿（2016a：42～43）所釋，《中原音韻》的聲調區分為平、上、去三聲，並未分列出入聲調，不過將入聲韻分到陰聲韻以後，獨列「入聲作平聲」、「入聲作上聲」、「入聲作去聲」。「入聲作上聲」或「入聲作去聲」依然為仄聲，不易造成失律；「入聲作平聲」則以入聲字作平聲字，若依然視為入聲字，則會造成前文所謂「句中用入聲，不能歌者」的現象，所以「作平者最為緊切」。此外，有才者，填曲押韻時，本來的平聲、上聲、去聲就已經足夠，派入的平聲、上聲、去聲只是為廣其押韻。

需要說明的是，本節並未涉及「《中原音韻》口語是否有入聲」的問題，僅處理《中原音韻》的入聲「調類」問題，至於口語是否有入聲，李惠綿（2017：154～158）有相關論述，可以參看。

以《中原音韻》的「咸攝開口一等入聲端系字」為例：

表 255　《中原音韻》的中古咸攝開口一等入聲端系字舉例

例　字	中　古		《中原音韻》		原始鹽城方言
	聲　母	清　濁	韻　母	聲　調	
「答」、「搭」	端母	全清	家麻韻	入聲作上聲	*tæʔ7
「踏」	透母	次清	家麻韻	入聲作平聲	*thæʔ7
「塌」				入聲作上聲	
「杳」	定母	全濁	家麻韻	入聲作平聲	*tæʔ7
「納」	泥母	次濁	家麻韻	入聲作去聲	*næʔ7

　　從上表來看。可見不論聲母如何變化，《中原音韻》依然有入聲的紀錄，不過已經透過「入聲作平聲」、「入聲作上聲」、「入聲作去聲」派入平聲、上聲、去聲。

　　再以《中原音韻》的「江攝開口二等入聲知系字」為例：

表 256　《中原音韻》的中古江攝開口二等入聲知系字舉例

例　字	中　古		《中原音韻》		原始鹽城方言
	聲　母	清　濁	韻　母	聲　調	
「卓」、「琢」	知母	全清	蕭豪韻	入聲作上聲	*tɕyaʔ7
「戳」	徹母	次清	蕭豪韻	入聲作平聲	*tɕhyaʔ7
「濁」	澄母	全濁	蕭豪韻	入聲作上聲	*tɕyaʔ7

　　從上表來看。可見不論聲母如何變化，《中原音韻》依然有入聲的紀錄，不過已經派入平聲、上聲、去聲。

　　由上可見，中古《切韻》架構的入聲音之字，在《中原音韻》依然有入聲的紀錄，而在原始鹽城方言大多依然讀入聲。

5.3.2.3　《西儒耳目資》的「入聲調類保留」情形

　　以《西儒耳目資》的「咸攝開口一等入聲端系字」為例：

表 257　《西儒耳目資》的中古咸攝開口一等入聲端系字舉例

例　字	中　古		《西儒耳目資》	原始鹽城方言
	聲　母	清　濁	語　音	
「答」、「搭」	端母	全清	ta7	*tæʔ7
「踏」	透母	次清	ta7	*thæʔ7
「塌」			tha7	

「沓」	定母	全濁	tʰa7	*tæʔ7
「納」	泥母	次濁	na7	*næʔ7

從上表來看。可見不論聲母如何變化，《西儒耳目資》依然有入聲的紀錄。

再以《西儒耳目資》的「江攝開口二等入聲知系字」為例：

表 258　《西儒耳目資》的中古江攝開口二等入聲知系字舉例

例　字	中　古		《西儒耳目資》	原始鹽城方言
	聲　母	清　濁	語　音	
「卓」、「琢」	知母	全清	cho7	*tɕyaʔ7
「戳」	徹母	次清	-	*tɕʰyaʔ7
「濁」	澄母	全濁	cho7	*tɕyaʔ7

從上表來看。可見不論聲母如何變化，《西儒耳目資》依然有入聲的紀錄。

由上可見，中古《切韻》架構的入聲音之字，在《西儒耳目資》依然有入聲的紀錄，而在原始鹽城方言大多依然讀入聲。

5.4　從中古音看韻攝的分合問題

經過鼻音韻尾的相關問題及入聲韻尾的相關問題之後，回到表 209「鹽城方言韻母框架下的中古《切韻》地位分布表」進行觀察，若以每一橫列，即主要元音相同來進行討論，則可以發現，中古音韻地位在每一橫列有分合的問題產生，以至於可以產生幾個專題，諸如：宕江合流、果假合流、山咸合流、深臻合流、曾梗通合流等。故此，本節將透過五個專題，分別討論果假、深臻、山咸、宕江、曾梗通所涉及的分合問題。

5.4.1　果攝與假攝的分合問題

從中古《切韻》架構的視角，以果攝與假攝為中心考察，以下討論之。

首先將鹽城方言韻母框架下的中古果攝與假攝分布表呈現於下：

表 259　鹽城方言韻母框架下的中古果攝與假攝分布表

開口呼	齊齒呼	合口呼	撮口呼
ɒ	iɒ	uɒ	yɒ
假開二　假開三 假合二	果開三　果合三 假開二　假開三	假合二	果合三

o 果開一　果合一 流開一　山開一 山合一　山合二 山合三			yo 山合三　山合四
	ɪ 假開三　蟹合一 蟹合三　蟹合四 止開三　止合三 咸開三　咸開四 山開三　山開四 山合三	uɪ 蟹合一　蟹合三 蟹合四　止合三	yɪ 蟹合一　蟹合三 止合三

從上表來看，不難發現會有以下情形：

1. 中古果攝與假攝在開口呼時，果攝大多讀為 o，假攝大多讀為ɒ；
2. 若在齊齒呼，則果攝與假攝有合流為 iɒ和假開三讀為ɪ的情形；
3. 合口呼由假攝大多讀為 uɒ；
4. 撮口呼由果攝大多讀為 yɒ。

以下進行分析。

以中古架構的「果攝與假攝泥來母平聲字」為例：

表 260　果攝與假攝泥來母平聲字舉例

例　字	中　古	《中原音韻》		《西儒耳 目資》	原始鹽 城方言
		韻　母	擬　音		
「挪」	果開一泥平	歌戈韻	nuɔ陽平	no2	*nõ2
「鑼」、「籮」、「羅」	果開一來平	歌戈韻	luɔ陽平	lo2	*lõ2
「囉」、「螺」	果合一來平	歌戈韻	luɔ陽平	lo2	*lõ1
「騾」、「腡」	果合一來平	歌戈韻	luɔ陽平	lo2	*lõ2
「拿」	假開二泥平	家麻韻	na 陽平	na2	*nɒ2

從上表來看，在原始鹽城方言中，不論聲母如何變化，果攝大多讀為 õ，假攝大多讀為ɒ，在《中原音韻》中，不論聲母如何變化，果攝大多讀為ɔ，假攝大多讀為 a，在《西儒耳目資》中，不論聲母如何變化，果攝大多讀為 o，假攝大多讀為 a。可見中古《切韻》架構下，董同龢在果攝開口一等、果攝合口一等、假攝開口二等所擬音的-ɑ、-uɑ、-a，在原始鹽城方言中，果攝大多高化讀為 õ，假攝大多後化讀為ɒ，在《中原音韻》有-ɔ、-a 的記音，在《西儒耳目資》，果攝大

多已經高化為 o，假攝大多讀為 a。

再以中古架構的「果攝與假攝泥來母平聲字」為例：

表 261　果攝與假攝泥來母平聲字舉例

例　字	中　古	《中原音韻》		《西儒耳目資》	原始鹽城方言
		韻　母	擬　音		
「茄」	果開三群平	-	-	kʰie2 kʰiue2	*tɕiɒ2
「瘸」	果合三群平	車遮韻	kʰiɛ陽平	kʰiue2	*tɕiɒ2
「家」	假開二見平	家麻韻	kia 陰平	kia1	*kɒ1
「加」、「痂」、「嘉」、「傢」	假開二見平	家麻韻	kia 陰平	kia1	*tɕiɒ1
「瓜」、「蝸」	假合二見平	家麻韻	kua 陰平	kua1	*kuɒ1
「誇」	假合二溪平	家麻韻	kʰua 陰平	kʰua1	*kʰuɒ1

從上表來看，在原始鹽城方言中，不論聲母如何變化，齊齒呼由果攝與假攝有合流為 iɒ 的情形，並且，合口呼由假攝大多讀為 uɒ，在《中原音韻》中，果攝合口三等讀為 iɛ，假攝開口二等讀為 ia，假攝合口二等讀為 ua，在《西儒耳目資》中，不論聲母如何變化，齊齒呼由果攝讀為 ie 或 iue，假攝讀為 ia，並且，合口呼由假攝大多讀為 ua。可見中古《切韻》架構下，董同龢在果攝開口三等、果攝合口三等、假攝開口二等所擬音的-jɑ、-jua、-a，在原始鹽城方言中，假攝開口二等會有見系顎化現象，導致齊齒呼由果攝與假攝有合流為 iɒ 的情形；董同龢在假攝合口二等所擬音的-ua，在原始鹽城方言中，合口呼由假攝大多後化讀為 uɒ，在《中原音韻》中，假攝合口二等讀為 ua，在《西儒耳目資》中，j 介音轉為 i 介音。

再以中古架構的「假攝開口三等禡韻精系字」為例：

表 262　假攝開口三等禡韻精系字舉例

例　字	中　古	《中原音韻》		《西儒耳目資》	原始鹽城方言
		韻　母	擬　音		
「借」	假開三精去	車遮韻	tsiɛ去聲	cie5	*tɕiɒ5
「瀉」、「卸」	假開三心去	車遮韻	siɛ去聲	sie5	*ɕiɒ5
「謝」	假開三邪去	車遮韻	siɛ去聲	sie5	*ɕɿ5

從上表來看，在原始鹽城方言中，不論聲母如何變化，齊齒呼由假開三讀有讀

為ɪ或iɒ的情形，在《中原音韻》中，不論聲母如何變化，假攝開口三等讀為iɛ，在《西儒耳目資》中，不論聲母如何變化，齊齒呼由假開三讀為ie。可見中古《切韻》架構下，假攝開口三等所擬音的-ja，在原始鹽城方言中，會有元音高化為ɪ，或是主要元音後化而成為iɒ，在《中原音韻》中，假攝開口三等讀為iɛ，在《西儒耳目資》讀為ie。

再以中古架構的「果攝合口三等戈韻曉母字」為例：

表263　果攝合口三等戈韻曉母字舉例

例　字	中　古	《中原音韻》		《西儒耳目資》	原始鹽城方言
		韻　母	擬　音		
「靴」	果合三曉去	車遮韻	xiuɛ陰平	hiue1	*çyɒ1

從上表來看，在原始鹽城方言中，撮口呼由果攝大多讀為yɒ，在《中原音韻》中，「靴」讀為iuɛ，在《西儒耳目資》中，「靴」讀為iue。可見中古《切韻》架構下，果攝合口三等所擬音的-jua，在原始鹽城方言中，ju演變為y，a則後化為ɒ，而成為yɒ，在《中原音韻》中，介音j變為i，主要元音a則低化為ɛ，在《西儒耳目資》讀為iue。

5.4.2　深攝與臻攝的分合問題

從中古《切韻》架構的視角，以深攝與臻攝為中心考察，以下討論之。

首先將鹽城方言韻母框架下的中古深攝與臻攝分布表呈現於下：

表264　鹽城方言韻母框架下的中古深攝與臻攝分布表

開口呼	齊齒呼	合口呼	撮口呼
ən 深開三　臻開一 臻開三　臻合一 臻合三　曾開一 梗開二　梗開三	**in** 深開三　臻開三 梗開二　梗開三 梗開四　梗合三 梗合四	**uən** 臻合一	**yən** 臻合一　臻合三
əʔ 深開三　臻開三 臻合一　臻合三 曾開一　曾合三 梗開二　梗開三 梗合三	**iəʔ** 臻開三	**uəʔ** 臻合一	**yəʔ** 臻合三

	iʔ		
	咸開三　咸開四 深開三　山開三 山開四　臻開三 梗開三　梗開四		

從上表來看，不難發現會有以下情形：

1. 中古深攝與臻攝在開口呼時，舒聲大多讀為 ən，入聲大多讀為 əʔ；

2. 若在齊齒呼，舒聲大多讀為 in，入聲則深攝大多讀為 iʔ，臻攝讀 iəʔ或 iʔ都有可能；

3. 合口呼由臻攝舒聲大多讀為 uən，入聲大多讀為 uəʔ；

4. 撮口呼由臻攝舒聲大多讀為 yən，入聲大多讀為 yəʔ。

以下進行分析。

以中古架構的「深攝開口三等與臻攝開口三等知系平聲字」為例：

表265　深攝開口三等與臻攝開口三等知系平聲字舉例

例　字	中　古	《中原音韻》		《西儒耳目資》	原始鹽城方言
		韻　母	擬　音		
「砧」	深開三知平	侵尋韻	tʂiəm 陰平	chin1	*tsən1
「沉」	深開三澄平	侵尋韻	tʂʰiəm 陽平	chʰin2	*tsʰən2
「珍」	臻開三知平	真文韻	tʂiən 陰平	chin1	*tsən1
「陳」、「塵」	臻開三澄平	真文韻	tʂʰiən 陽平	chʰin2	*tsʰən2

從上表來看，在原始鹽城方言中，深攝開口三等的「砧」和臻攝開口三等的「珍」讀同*tsən1，深攝開口三等的「沉」和臻攝開口三等的「陳」、「塵」讀同*tsʰən2，從《中原音韻》而言，深攝開口三等讀為 iəm，臻攝開口三等讀為 iən，從《西儒耳目資》而言，深攝開口三等讀為 in，臻攝開口三等也讀為 in。可見中古《切韻》架構下，董同龢在深攝開口三等、臻攝開口三等所擬音的 -jem、-jen／-jěn，在原始鹽城方言及《西儒耳目資》中，或因為深攝韻尾發生 -m＞-n 的變化，而產生合流的現象，在《中原音韻》尚讀為不同的韻尾。

再以中古架構的「深攝開口三等與臻攝開口三等影系平聲字」為例：

表 266　深攝開口三等與臻攝開口三等影系平聲字舉例

例　字	中　古	《中原音韻》		《西儒耳目資》	原始鹽城方言
		韻　母	擬　音		
「音」、「陰」	深開三影平	侵尋韻	iəm 陰平	in1	*in1
「淫」	深開三以平	侵尋韻	iəm 陽平	in2	*in2
「因」、「姻」	臻開三影平	真文韻	iən 陰平	in1	*in1
「寅」	臻開三以平	真文韻	iən 陽平	in2	*in2

從上表來看，在原始鹽城方言中，深攝開口三等的「音」、「陰」和臻攝開口三等的「因」、「姻」讀同*in1，深攝開口三等的「淫」和臻攝開口三等的「寅」讀同*in2，從《中原音韻》而言，深攝開口三等讀為 iəm，臻攝開口三等讀為 iən，從《西儒耳目資》而言，深攝開口三等讀為 in，臻攝開口三等也讀為 in。可見中古《切韻》架構下，董同龢在深攝開口三等、臻攝開口三等所擬音的-jem、-jen / -jěn，在原始鹽城方言及《西儒耳目資》中，或因為深攝韻尾發生-m＞-n 的變化，加上元音弱化，即-ə＞-∅，而產生合流的現象，在《中原音韻》尚讀為不同的韻尾。

以中古架構的「深攝開口三等與臻攝開口三等莊系入聲字」為例：

表 267　深攝開口三等與臻攝開口三等莊系平聲字舉例

例　字	中　古	《中原音韻》		《西儒耳目資》	原始鹽城方言
		韻　母	擬　音		
「澀」	深開三生入	支思韻	sï 入聲作上聲	se7	*səʔ7
「瑟」、「蝨」	臻開三生入	支思韻	sï 入聲作上聲	se7	*səʔ7

從上表來看，在原始鹽城方言中，深攝開口三等的「澀」和臻攝開口三等的「瑟」、「蝨」讀同*səʔ7，從《中原音韻》而言，深攝開口三等的「澀」和臻攝開口三等的「瑟」、「蝨」讀同 sï 入聲作上聲，從《西儒耳目資》而言，深攝開口三等讀為 e，臻攝開口三等也讀為 e。可見中古《切韻》架構下，董同龢在深攝開口三等舒聲、臻攝開口三等舒聲所擬音的-jep、-jep / -jěp，在原始鹽城方言及《西儒耳目資》中，或因為深攝韻尾及臻攝韻尾都發展為喉塞音結尾，而產生合流的現象，在《中原音韻》已經讀為相同主要元音 ï，並已經入派三聲。

再以中古架構的「深攝開口三等與臻攝開口三等精系入聲字」為例：

表 268　深攝開口三等與臻攝開口三等精系入聲字舉例

例　字	中　古	《中原音韻》		《西儒耳目資》	原始鹽城方言
		韻　母	擬　音		
「緝」	深開三清入	-	-	cʰie7	*tɕiʔ7
「集」、「輯」	深開三從入	齊微韻	tsi 入聲作平聲	cie7	*tɕiʔ7
「習」、「襲」	深開三邪入	齊微韻	si 入聲作平聲	sie7	*ɕiʔ7
「七」、「漆」	臻開三清入	齊微韻	tsʰi 入聲作上聲	cʰie7	*tɕʰiəʔ7
「疾」	臻開三從入	齊微韻	tsi 入聲作平聲	cie7	*tɕiʔ7
「悉」	臻開三心入	-	-	sie7	*ɕiʔ7
「膝」	臻開三心入	-	-	sie7	*tɕʰiəʔ7 *tɕʰiʔ7

　　從上表來看，在原始鹽城方言中，深攝開口三等的「集」、「輯」和臻攝開口三等的「疾」讀同*tɕiʔ7，深攝開口三等的「習」、「襲」和臻攝開口三等的「悉」讀同*ɕiʔ7，從《中原音韻》而言，深攝開口三等的「集」和臻攝開口三等的「疾」讀同 tsi 入聲作平聲，從《西儒耳目資》而言，深攝開口三等讀為 ie，臻攝開口三等也讀為 ie。可見中古《切韻》架構下，董同龢在深攝開口三等入聲、臻攝開口三等入聲所擬音的-jep、-jep／-jěp，在原始鹽城方言及《西儒耳目資》中，或因為深攝韻尾及臻攝韻尾都發展為喉塞音結尾，而產生合流的現象。不過，臻攝開口三等入聲有 ə 元音保留的現象，諸有「七」、「漆」讀為*tɕʰiəʔ7，在《中原音韻》已經讀為相同主要元音 i，並已經入派三聲。

5.4.3　山攝與咸攝的分合問題

　　從中古《切韻》架構的視角，以山攝與咸攝為中心考察，以下討論之。

　　首先將鹽城方言韻母框架下的中古山攝與咸攝分布表呈現於下：

表 269　鹽城方言韻母框架下的中古山攝與咸攝分布表

開口呼		齊齒呼	合口呼	撮口呼
æ		**iæ**	**uæ**	**yæ**
咸開一　咸開二		咸開二　山開二	山合二	山合二
咸合三　山開一				
山開二　山合二				
山合三				

	I	uI	yI
	蟹合一　蟹合三 蟹合四　止開三 止合三　咸開三 咸開四　山開三 山開四　山合三	蟹合一　蟹合三 蟹合四　止合三	蟹合一　蟹合三 止合三
o 果開一　果合一 流開一 山合一　山合二 山合三			**yo** 山合三　山合四
æʔ 咸開一　咸開二 咸合三　山開一 山開二　山合三	**iæʔ** 咸開二　山開二	**uæʔ** 山合二	**yæʔ** 山合二
	iʔ 咸開三　咸開四 深開三　山開三 山開四　臻開三 梗開三　梗開四		
oʔ 山合一　山合三			**yoʔ** 山合三　山合四

從上表來看，不難發現會有以下情形：

1. 中古山攝開口與咸攝開口在開口呼時，舒聲大多合流為 æ，入聲大多合流為 æʔ；

2. 中古山攝合口在開口呼時，舒聲大多讀為 o，入聲大多讀為 oʔ；

3. 中古山攝開口二等與咸攝開口二等在齊齒呼，舒聲大多合流為 iæ，入聲則深攝大多合流為 iæʔ；

4. 中古山攝開口三、四等與咸攝開口三、四等在齊齒呼，舒聲大多合流為 I，入聲則深攝大多合流為 iʔ；

5. 合口呼由山攝舒聲大多讀為 uæ，入聲大多讀為 uæʔ；

6. 撮口呼由山攝合口二等舒聲大多讀為 yæ，入聲大多讀為 yæʔ；

7. 撮口呼由山攝合口三、四等舒聲大多讀為 yo，入聲大多讀為 yoʔ。

以下進行分析。

以中古架構的「山攝開口一等與咸攝開口一等端系平聲字」為例：

表 270　山攝開口一等與咸攝開口一等端系平聲字舉例

例　字	中　古	《中原音韻》		《西儒耳目資》	原始鹽城方言
		韻　母	擬音		
「丹」、「單」	山開一端平	寒山韻	tan 陰平	tan1	*tæ̃1
「攤」、「灘」	山開一透平	寒山韻	tʰan 陰平	tʰan1	*tʰæ̃1
「壇」、「檀」、「彈」	山開一定平	寒山韻	tʰan 陽平	tʰan2	*tʰæ̃2
「耽」	咸開一端平	監咸韻	tam 陰平	tan1	*tæ̃1
「貪」	咸開一透平	監咸韻	tʰam 陰平	tʰan1	*tʰæ̃1
「潭」、「譚」	咸開一定平	監咸韻	tʰam 陽平	tʰan2	*tʰæ̃2
「擔」	咸開一端平	監咸韻	tam 陰平	tan1	*tæ̃1
「坍」	咸開一透平	-	-	-	*tʰæ̃1

從上表來看，在原始鹽城方言中，山攝開口一等的「丹」、「單」和咸攝開口一等覃韻的「耽」、咸攝開口一等談韻的「擔」讀同*tæ̃1，山攝開口一等的「攤」、「灘」和咸攝開口一等覃韻的「貪」、咸攝開口一等談韻的「坍」讀同*tʰæ̃1，山攝開口一等的「壇」、「檀」、「彈」和咸攝開口一等覃韻的「潭」、「譚」讀同*tʰæ̃2，從《中原音韻》而言，山攝開口一等讀為 an，咸攝開口一等讀為 am，從《西儒耳目資》而言，山攝開口一等讀為 an，咸攝開口一等也讀為 an。可見中古《切韻》架構下，董同龢在山攝開口一等舒聲、咸攝開口一等舒聲所擬音的-an、-Am、-ɑm，在原始鹽城方言，或因為深攝韻尾及臻攝韻尾都脫落，而產生合流的現象，從《中原音韻》而言，二者還保留中古音的韻尾，山攝開口一等讀為 an，咸攝開口一等讀為 am，從《西儒耳目資》而言，二者還保留中古音的韻尾，不過皆已合流為 an。此外，觀察咸攝內部覃韻及談韻，語音上也無有差別。可見原始鹽城方言係「覃談無別」。

再以中古架構的「山攝開口一等與咸攝開口一等端系入聲字」為例：

表 271　山攝開口一等與咸攝開口一等端系入聲字舉例

例　字	中　古	《中原音韻》		《西儒耳目資》	原始鹽城方言
		韻　母	擬音		
「獺」	山開一透入	家麻韻	tʰa 入聲作上聲	tʰa7	*tʰæʔ7
「達」	山開一定入	家麻韻	ta 入聲作平聲	ta7	*tæʔ7
「答」、「搭」	咸開一端入	家麻韻	ta 入聲作上聲	ta7	*tæʔ7

「踏」、「撻」	咸開一透入	家麻韻	ta 入聲作平聲	t^ha7	*t^hæʔ7
「沓」	咸開一定入	家麻韻	ta 入聲作平聲	t^ha7	*tæʔ7
「塌」、「榻」、「溻」	咸開一透入	家麻韻	t^ha 入聲作上聲	t^ha7	*t^hæʔ7

從上表來看，在原始鹽城方言中，山攝開口一等的「獺」和咸攝開口一等覃韻的「踏」、「撻」、咸攝開口一等的談韻「塌」、「榻」、「溻」讀同*t^hæʔ7，山攝開口一等的「達」和咸攝開口一等覃韻的「沓」讀同*tæʔ7，從《中原音韻》而言，山攝開口一等與咸攝開口一等皆讀同 a，並進行入派三聲，從《西儒耳目資》而言，山攝開口一等讀為 a，咸攝開口一等也讀為 a。可見中古《切韻》架構下，董同龢在山攝開口一等舒聲、咸攝開口一等入聲所擬音的-ɑt、-Ap、-ɑp，在原始鹽城方言及《中原音韻》、《西儒耳目資》中，或因為深攝韻尾及臻攝韻尾都發展為喉塞音結尾，而產生合流的現象。此外，觀察咸攝內部覃韻及談韻，語音上也無有差別。可見原始鹽城方言係「覃談無別」。

再以中古架構的「山攝開口二等與咸攝開口二等匣母平聲字」為例：

表 272　山攝開口二等與咸攝開口二等匣母平聲字舉例

例　字	中　古	《中原音韻》		《西儒耳目資》	原始鹽城方言
		韻　母	擬　音		
「閑」	山開二匣平	寒山韻	xian 陽平	hien2	*xæ2 *tɕiæ̃2
「咸」、「鹹」	咸開二匣平	監咸韻	xiam 陽平	hien2	*xæ̃2
「銜」	咸開二匣平	監咸韻	xiam 陽平	hien2	*xæ̃2

從上表來看，在原始鹽城方言中，山攝開口二等山韻的「閑」和咸攝開口二等覃韻的「咸」、「鹹」、咸攝開口二等談韻的「銜」讀同*xæ̃2，而山攝開口二等刪韻的「環」讀*k^huæ̃2，主要元音 æ 也和前項相同，從《中原音韻》而言，山攝開口二等讀為 ian／uan，咸攝開口二等讀為 iam，從《西儒耳目資》而言，深攝開口二等讀為 ien，臻攝開口二等也讀為 ien。可見中古《切韻》架構下，董同龢在山攝開口二等舒聲、咸攝開口二等舒聲所擬音的-æn、-an、-ɐm、-am，在原始鹽城方言中，或因為深攝韻尾及臻攝韻尾都脫落，而產生合流的現象，從《中原音韻》而言，二者還保留中古音的韻尾，山攝開口二等讀為 ian／uan，咸攝開口二等讀為 iam，從《西儒耳目資》而言，或因為深攝韻尾發生-m＞-n 的變化，而產生合流的現象。

再以中古架構的「山攝開口三等與咸攝開口三等章母平聲字」為例：

表 273　山攝開口三等與咸攝開口三等章母平聲字舉例

例　字	中　古	《中原音韻》		《西儒耳目資》	原始鹽城方言
		韻　母	擬　音		
「氈」	山開三章平	先天韻	tṣien 陰平	chien1	*tsiĩ1
「瞻」、「占」	咸開三章平	廉纖韻	tṣiem 陰平	chien1	*tsiĩ1

從上表來看，在原始鹽城方言中，山攝開口三等的「氈」和咸攝開口三等的「瞻」、「占」讀同*tsiĩ1，從《中原音韻》而言，山攝開口三等讀為 iɛn，咸攝開口三等讀為 iɛm，從《西儒耳目資》而言，深攝開口三等讀為 ien，臻攝開口三等也讀為 ien。可見中古《切韻》架構下，董同龢在山攝開口三等舒聲、咸攝開口三等舒聲所擬音的-jæn、-jæm，在原始鹽城方言中，或因為深攝韻尾及臻攝韻尾都脫落，並且，韻母發生高化為ɿ，因而產生合流的現象，從《中原音韻》而言，二者還保留中古音的韻尾，山攝開口三等讀為 iɛn，咸攝開口三等讀為 iɛm，從《西儒耳目資》而言，或因為深攝韻尾發生-m＞-n 的變化，而產生合流的現象。

再以中古架構的「山攝開口三等與咸攝開口三等章母入聲字」為例：

表 274　山攝開口三等與咸攝開口三等章母入聲字舉例

例　字	中　古	《中原音韻》		《西儒耳目資》	原始鹽城方言
		韻　母	擬　音		
「哲」、「蜇」	山開三章平	車遮韻	tṣiɛ入聲作上聲	che7	*tsiɿʔ7
「褶」、「摺」	咸開三章平	車遮韻	tṣiɛ入聲作上聲	che7	*tsiɿʔ7

從上表來看，在原始鹽城方言中，山攝開口三等的「哲」、「蜇」和咸攝開口三等的「褶」、「摺」讀同*tsiɿʔ7，從《中原音韻》而言，山攝開口一等與咸攝開口一等皆讀同 iɛ，並進行入派三聲，從《西儒耳目資》而言，山攝開口一等讀為 e，咸攝開口一等也讀為 e。可見中古《切韻》架構下，董同龢在山攝開口三等舒聲、咸攝開口三等入聲所擬音的-jæt、-jæp，在原始鹽城方言及《中原音韻》、《西儒耳目資》中，或因為深攝韻尾及臻攝韻尾都發展為喉塞音結尾，因而產生合流。

5.4.4　宕攝與江攝的分合問題

從中古《切韻》架構的視角，以宕攝與江攝為中心考察，以下討論之。

首先將鹽城方言韻母框架下的中古宕攝與江攝分布表呈現於下：

表 275　鹽城方言韻母框架下的中古宕攝與江攝分布表

開口呼	齊齒呼	合口呼	撮口呼
a 宕開一　宕開三 宕合一　宕合三 江開二	**ia** 宕開三　江開二	**ua** 宕合一　宕合三	**ya** 宕開三　江開二
aʔ 宕開一　宕開三 江開二	**iaʔ** 宕開三　江開二	**uaʔ** 宕合一	**yaʔ** 江開二
ɔʔ 臻合一　宕合三 曾開一　曾合一 梗開二　梗合二 通合一　通合三	**iɔʔ** 通合三		

從上表來看，不難發現會有以下情形：

1. 中古宕攝開口與江攝開口在開口呼時，舒聲大多合流為 a，入聲大多合流為 aʔ；

2. 中古宕攝合口在開口呼時，舒聲大多合流為 a，入聲大多讀為 ɔʔ；

3. 中古宕攝開口三等與江攝開口二等在齊齒呼，舒聲大多合流為 ia，入聲則大多合流為 iaʔ；

4. 中古宕攝開合口在合口呼時，舒聲大多讀為 ua，入聲則大多讀為 uaʔ；

5. 中古江攝開口二等在撮口呼時，舒聲大多讀為 ya，入聲大多讀為 yaʔ。

以下進行分析。

再以中古架構的「宕攝開口一等與江攝開口二等幫系平聲字」為例：

表 276　宕攝開口一等與江攝開口二等幫系平聲字舉例

例　字	中　古	《中原音韻》		《西儒耳目資》	原始鹽城方言
		韻　母	擬　音		
「幫」	宕開一幫平	江陽韻	puaŋ 陰平	pam1	*pã1

「滂」	宕開一滂平	江陽韻	pʰuaŋ 陰平	pʰam1	*pʰã1
「旁」、「螃」	宕開一並平	江陽韻	pʰuaŋ 陽平	pʰam2	*pʰã2
「忙」、「芒」、「茫」	宕開一明平	江陽韻	muaŋ 陽平	mam2	*mã2
「邦」	江開二幫平	江陽韻	puaŋ 陰平	pam1	*pã1
「龐」	江開二並平	江陽韻	pʰuaŋ 陽平	pʰam2	*pʰã2

從上表來看，在原始鹽城方言中，宕攝開口一等的「幫」和江攝開口二等的「邦」讀同*pa1，而宕攝開口一等的「旁」、「螃」和江攝開口二等的「龐」讀同*pʰa2，從《中原音韻》而言，宕攝開口一等與江攝開口二等都讀同 uaŋ，從《西儒耳目資》而言，宕攝開口一等與江攝開口二等都讀同 uŋ。可見中古《切韻》架構下，董同龢在宕攝開口一等舒聲、江攝開口二等舒聲所擬音的 -aŋ、-ɔŋ，在原始鹽城方言中，或因為宕攝韻尾及江攝韻尾都脫落，並且，韻母發生高化為 a，因而產生合流的現象，從《中原音韻》而言，二者還保留中古音的韻尾，宕攝開口一等與江攝開口二等都讀同 uaŋ，從《西儒耳目資》而言，二者還保留中古音的韻尾，宕攝開口一等與江攝開口二等都讀同 aŋ。

再以中古架構的「宕攝開口一等與江攝開口二等幫系入聲字」為例：

表 277　宕攝開口一等與江攝開口二等幫系入聲字舉例

例　字	中　古	《中原音韻》		《西儒耳目資》	原始鹽城方言
		韻　母	擬　音		
「博」、「搏」	宕開一幫入	蕭豪韻	pau 入聲作平聲	po7	*paʔ7
「泊」	宕開一滂入	蕭豪韻 / 歌戈韻	pau 入聲作平聲	po7	*pʰɔʔ7
「薄」	宕開一並入	蕭豪韻 / 歌戈韻	pau 入聲作平聲	pho7	*pʰaʔ7
「莫」、「膜」、「幕」、「寞」、「摸」	宕開一明入	蕭豪韻 / 歌戈韻	mau 入聲作去聲	mo7	*maʔ7
「剝」、「駁」	江開二幫入	蕭豪韻	pau 入聲作上聲	po7	*paʔ7
「樸」、「朴」	江開二滂入	-	-	pho7	*pʰaʔ7
「雹」	江開二並入	-	-	po7	*pʰaʔ7

從上表來看，在原始鹽城方言中，宕攝開口一等的「博」、「搏」和江攝開口二等的「剝」、「駁」讀同*paʔ7，而宕攝開口一等的「薄」和江攝開口二等的「雹」

讀同*pʰaʔ7，從《中原音韻》而言，宕攝開口一等讀為ɑu，江攝開口二等讀為au，並進行入派三聲，從《西儒耳目資》而言，宕攝開口一等讀為與江攝開口二等都讀同o。可見中古《切韻》架構下，董同龢在宕攝開口一等入聲、江攝開口二等入聲所擬音的-ɑk、-ɔk，在原始鹽城方言及《中原音韻》、《西儒耳目資》中，或因為宕攝韻尾及江攝韻尾都發展為喉塞音結尾，並且，主要元音發生高化為a，因而產生合流的現象。不過，宕攝開口一等依然有一特例「泊」讀為pʰɔʔ7。

再以中古架構的「宕攝開口一等、宕攝開口三等與江攝開口二等見系平聲字」為例：

表 278　宕攝開口一等、宕攝開口三等與江攝開口二等見系平聲字舉例

例　字	中　古	《中原音韻》		《西儒耳目資》	原始鹽城方言
		韻　母	擬　音		
「剛」、「岡」、「綱」、「鋼」、「綱」、「缸」	宕開一見平	江陽韻	kaŋ 陰平	kam1	*kã1
「康」、「糠」	宕開一溪平	江陽韻	kʰaŋ 陰平	kʰam1	*kʰã1
「昂」	宕開一疑平	江陽韻	ŋaŋ 陽平	ŋam2	*ŋã2
「疆」、「僵」、「薑」、「繮」、「姜」、「礓」	宕開三見平	江陽韻	kiaŋ 陰平	kiam1	*tɕiã1
「羌」	宕開三溪平	江陽韻	kʰiaŋ 陰平	kʰiam1	*tɕʰiã1
「強」	宕開三群平	江陽韻	kʰiaŋ 陽平	kʰiam2	*tɕʰiã2
「江」	江開二見平	江陽韻	kiaŋ 陰平	kiam1	*tɕiã1
「扛」	江開二見平	江陽韻	kaŋ 陽平	kiam1	*kã2
「豇」	江開二見平	-	-	-	*kã1
「腔」	江開二溪平	江陽韻	kʰiaŋ 陽平	kʰiam1	*tɕʰiã1

從上表來看，在原始鹽城方言中，宕攝開口一等的「剛」、「岡」、「綱」、「鋼」、「綱」、「缸」和江攝開口二等的「豇」讀同*kã1，而宕攝開口三等的「疆」、「僵」、「薑」、「繮」、「姜」、「礓」和江攝開口二等的「江」讀同*tɕiã1，宕攝開口三等的「羌」和江攝開口二等的「腔」讀同*tɕʰiã1，從《中原音韻》而言，宕攝開口一等讀為 aŋ，宕攝開口三等讀為 iaŋ，江攝開口二等讀為 aŋ 或 iaŋ，從《西儒耳目資》而言，宕攝開口一等讀為 aŋ，宕攝開口三等及江攝開口二等讀為 iaŋ。可見中古《切韻》架構下，董同龢在宕攝開口三等舒聲、江攝開

口二等舒聲所擬音的-jɑŋ、-ɔŋ，在原始鹽城方言中，或因為宕攝韻尾及江攝韻尾都脫落，並且，江攝開口二等見系有不少字發生顎化現象產生 i 介音，因而有合流的現象，從《中原音韻》而言，三者尚有介音上的區別，從《西儒耳目資》而言，三者尚有介音上的區別。

再以中古架構的「宕攝開口三等與江攝開口二等幫系入聲字」為例：

表279　宕攝開口三等與江攝開口二等幫系入聲字舉例

| 例　字 | 中　古 | 《中原音韻》 | | 《西儒耳目資》 | 原始鹽城方言 |
		韻　母	擬　音		
「虐」、「瘧」	宕開三疑入	蕭豪韻／歌戈韻	ŋiau 入聲作去聲	nio7	*niaʔ7
「岳」、「樂音~」	江開二疑入	蕭豪韻／歌戈韻	iau 入聲作去聲	nio7	*iaʔ7

從上表來看，在原始鹽城方言中，宕攝開口一等的「虐」、「瘧」和江攝開口二等的「岳」、「樂音~」讀為*niaʔ7、*iaʔ7。可見韻母皆為 iaʔ，從《中原音韻》而言，宕攝開口三等與江攝開口二等皆讀同 iau，從《西儒耳目資》而言，宕攝開口三等與江攝開口二等皆讀同 io。可見中古《切韻》架構下，董同龢在宕攝開口三等入聲、江攝開口二等入聲所擬音的-jɑk、-ɔk，在原始鹽城方言及《中原音韻》、《西儒耳目資》中，或因為宕攝韻尾及江攝韻尾都發展為喉塞音結尾，並且，主要元音發生高化為 a，江攝開口二等見系有不少字發生顎化現象產生 i 介音，因而產生合流的現象。

再以中古架構的「宕攝開口三等與江攝開口二等莊系平聲字」為例：

表280　宕攝開口三等與江攝開口二等莊系平聲字舉例

| 例　字 | 中　古 | 《中原音韻》 | | 《西儒耳目資》 | 原始鹽城方言 |
		韻　母	擬　音		
「莊」、「裝」	宕開三莊入	江陽韻	tʂaŋ 陰平	choam1	*tsyã1
「瘡」	宕開三初入	江陽韻	tʂʰaŋ 陰平	chʰoam1	*tsʰyã1
「牀」	宕開三崇入	江陽韻	tʂʰaŋ 陽平	chʰoam2	*tsʰyã2
「霜」、「孀」	宕開三生入	江陽韻	ʂaŋ 陰平	xoam1	*syã1
「窗」	江開二初入	江陽韻	tʂʰaŋ 陰平	chʰoam1	*tsʰyã1
「雙」	江開二生入	江陽韻	ʂaŋ 陰平	xoam1	*suã1

從上表來看，在原始鹽城方言中，宕攝開口三等的「瘡」和江攝開口二等的「窗」讀同*tsʰyā1，從《中原音韻》而言，宕攝開口三等與江攝開口二等皆讀同 aŋ，從《西儒耳目資》而言，宕攝開口三等與江攝開口二等都讀同 oaŋ。可見中古《切韻》架構下，董同龢在宕攝開口三等舒聲、江攝開口二等舒聲所擬音的-jɑŋ、-ɔŋ，在原始鹽城方言中，或因為宕攝韻尾及江攝韻尾韻尾都脫落，並且，江攝開口二等見系有不少字發生顎化現象產生 i 介音，或因莊系有合口性質，而使介音變為撮口呼，因而有合流的現象，從《中原音韻》而言，二者還保留中古音的韻尾，宕攝開口三等與江攝開口二等皆讀同 aŋ，從《西儒耳目資》而言，二者還保留中古音的韻尾，宕攝開口三等與江攝開口二等都讀同 oaŋ。

5.4.5　曾攝、梗攝與通攝的分合問題

從中古《切韻》架構的視角，以曾攝、梗攝與通攝為中心考察，以下討論之。

首先將鹽城方言韻母框架下的中古曾攝、梗攝與通攝分布表呈現於下：

表 281　鹽城方言韻母框架下的中古曾攝、梗攝與通攝分布表

開口呼		齊齒呼		合口呼	撮口呼	
ən		**in**		**uən**	**yən**	
深開三	臻開一	深開三	臻開三	臻合一	臻合一	臻合三
臻開二	臻合一	曾開三	梗開二			
臻合三	曾開一	梗開三	梗開四			
曾開三	梗開二	梗合三	梗合四			
梗開三						
ɔŋ		**iɔŋ**				
曾開一	曾合一	梗合三	梗合四			
梗開二	梗合二	通合三				
通合一	通合三					
əʔ		**iəʔ**		**uəʔ**	**yəʔ**	
深開三	臻開三	臻開三		臻合一	臻合三	
臻合一	臻合三					
曾開一	曾開三					
曾合三	梗開二					
梗開三	梗合三					

ɔʔ	iɔʔ		
臻合一　宕合三 曾開一　曾合一 梗開二　梗合二 通合一　通合三	通合三		
aʔ	**iaʔ**	**uaʔ**	**yaʔ**
宕開一　宕開三 江開二	宕開三　曾開二	宕開三　宕合一	江開二
iʔ 咸開三　咸開四 深開三　山開三 山開四　臻開三 曾開三　梗開三 梗開四			

從上表來看，稍嫌煩亂，筆者另整理聲韻框架下中古曾攝、梗攝與通攝的鹽城方言韻母分布表，詳見下表：

表 282　聲韻框架下中古曾攝、梗攝與通攝的鹽城方言韻母分布表

	曾開一	曾開三	曾合一	梗開二	梗開三	梗開四	梗合二	梗合三	梗合四	通合一	通合三
幫系 非系	əŋ / ɔʔ	in / iʔ		əŋ / ɔʔ	in / iʔ	in / iʔ				əŋ / ɔʔ	əŋ / ɔʔ
端系 泥來 精系	ən / əʔ	in / iʔ		ən	in / iʔ	in / iʔ				əŋ / ɔʔ	əŋ / ɔʔ
知系 照系 日母		ən / əʔ		ən / əʔ	ən / əʔ						əŋ / ɔʔ
見系 影系	ən / əʔ /	in / iʔ	əŋ / ɔʔ	ən / əʔ	in / iʔ	in / iʔ	əŋ / ɔʔ	uəi əŋ in əʔ	uəi in	əŋ / ɔʔ	əŋ / ɔʔ / iəŋ / iʔ

從上表來看，不難發現會有以下情形：

1. 中古曾攝開口一等幫系以外、梗攝開口二等幫系以外、曾攝開口三等

與梗攝開口三等知系、照系、日母字，舒聲大多合流為 ən，入聲大多合流為 əʔ；

2. 中古曾攝開口三等、梗攝開口三、四等知系、照系、日母以外，舒聲大多合流為 in，入聲大多合流為 iʔ；

3. 中古曾攝開口一等幫系、曾攝合口一等見系及影系、梗攝開口二等幫系、通攝在開口呼時，舒聲大多合流為 ɔŋ，入聲大多合流為 ɔʔ，而在齊齒呼時，舒聲大多合流為 iɔŋ，入聲大多合流為 iɔʔ。

以下進行分析。

以中古架構的「曾攝合口、梗攝合口、通攝合口曉匣母字」為例：

表 283　曾攝合口、梗攝合口、通攝合口曉匣母字舉例

例　字	中　古	《中原音韻》		《西儒耳目資》	原始鹽城方言
		韻　母	擬　音		
「弘」	曾合一匣平	東鍾韻 / 庚青韻	xuŋ 陽平	hum2	*xɔŋ2
「轟」、「揈」	梗合二曉平	東鍾韻 / 庚青韻	xuŋ 陰平	hum1	*xɔŋ1
「宏」	梗合二匣平	東鍾韻 / 庚青韻	xuŋ 陽平	hum2	*xɔŋ2
「烘」	通合一曉平	東鍾韻	xuŋ 陰平	hum1	*xɔŋ1
「洪」、「鴻」、「虹」	通合一匣平	東鍾韻	xuŋ 陽平	hum2	*xɔŋ2

從上表來看，在原始鹽城方言中，曾攝合口一等的「弘」、梗攝合口二等耕韻的「宏」和通攝合口一等的「洪」、「鴻」、「虹」讀同*xɔŋ2，而梗攝合口二等耕韻的「轟」、「揈」和通攝合口一等的「烘」讀同*xɔŋ1，從《中原音韻》、《西儒耳目資》而言，曾攝合口、梗攝合口、通攝合口皆讀同 uŋ。可見中古《切韻》架構下，董同龢在曾攝合口一等、梗攝合口二等、通攝合口一等舒聲所擬音的-uəŋ、-uæŋ、-uŋ，在原始鹽城方言中，幫系聲母下的曾攝合口一等、梗攝合口二等、通攝合口一等皆變為 ɔ，因而有合流的現象，從《中原音韻》、《西儒耳目資》而言，曾攝合口、梗攝合口、通攝合口皆讀同 uŋ。

再以中古架構的「曾攝開口一等、梗攝開口二等、通攝合口一等幫系平聲字」為例：

表 284　曾攝開口一等、梗攝開口二等、通攝合口一等幫系平聲字舉例

例　字	中　古	《中原音韻》		《西儒耳目資》	原始鹽城方言
		韻　母	擬　音		
「崩」	曾開一幫平	東鍾韻／庚青韻	puəŋ 陰平	pem1	*pɔŋ1 *pɔŋ5
「朋」	曾開一並平	庚青韻	pʰuəŋ 陽平	pʰem2	*pʰɔŋ2
「烹」	梗開二滂平	東鍾韻／庚青韻	pʰuəŋ 陰平	pʰem1	*pʰɔŋ1
「彭」、「膨」	梗開二並平	東鍾韻	pʰuŋ 陽平	pʰem2	*pʰɔŋ2
「繃」	梗開二幫平	東鍾韻／庚青韻	puəŋ 陰平	pem1	*pɔŋ1
「棚」	梗開二並平	東鍾韻／庚青韻	pʰuəŋ 陽平	pʰem2	*pʰɔŋ2
「萌」	梗開二明平	東鍾韻／庚青韻	muəŋ 陽平	mem2	*mɔŋ2
「蓬」	通合一並平	東鍾韻	pʰuŋ 陽平	pʰum2	*pʰɔŋ2
「蒙」	通合一明平	東鍾韻	muŋ 陽平	mum2	*mɔŋ2

從上表來看，在原始鹽城方言中，曾攝開口一等的「崩」和梗攝開口二等耕韻的「繃」讀同*pɔŋ1，而曾攝開口一等的「朋」、梗攝開口二等庚韻的「彭」、「膨」、梗攝開口二等耕韻的「棚」和通攝合口一等的「蓬」讀同*pʰɔŋ2，梗攝開口二等耕韻的「萌」和通攝合口一等東韻的「蒙」讀同*mɔŋ2，從《中原音韻》而言，曾攝合口、梗攝合口、通攝合口皆讀有 uəŋ／uŋ 從《西儒耳目資》而言，曾攝合口、梗攝合口皆讀有 əŋ、通攝合口讀有 uŋ。可見中古《切韻》架構下，董同龢在曾攝開口一等、梗攝開口二等、通攝合口一等東韻舒聲所擬音的 -əŋ、-ɐŋ、-ɣɐ、-uŋ，在原始鹽城方言中，幫系聲母下的曾攝開口一等、梗攝開口二等、通攝合口一等皆變為 ɔ，因而有合流的現象，從《中原音韻》而言，曾攝合口、梗攝合口、通攝合口皆讀有 uəŋ／uŋ，從《西儒耳目資》而言，曾攝合口、梗攝合口皆保留韻尾讀有 əŋ、通攝合口保留韻尾而讀有 uŋ。

　　再以中古架構的「曾攝開口三等、梗攝開口三等、梗攝開口四等幫系平聲字」為例：

表 285　曾攝開口三等、梗攝開口三等、梗攝開口四等幫系平聲字舉例

| 例　字 | 中　古 | 《中原音韻》 | | 《西儒耳目資》 | 原始鹽城方言 |
		韻　母	擬　音		
「冰」	曾開三幫平	庚青韻	piəŋ 陰平	pim1	*pin1
「憑」	曾開三並平	庚青韻	pʰiəŋ 陽平	pʰim2	*pʰin2
「兵」	梗開三幫平	庚青韻	piəŋ 陰平	pim1	*pin1
「平」、「憑」、「評」	梗開三並平	庚青韻	pʰiəŋ 陽平	pʰim2	*pʰin2
「鳴」、「明」	梗開三明平	庚青韻	miəŋ 陽平	mim2	*min2
「名」	梗開三明平	庚青韻	miəŋ 陽平	mim2	*min2
「銘」	梗開四明平	庚青韻	miəŋ 陽平	mim2	*min2

從上表來看，在原始鹽城方言中，曾攝開口三等的「冰」和梗攝開口三等庚韻的「兵」讀同*pin1，而梗攝開口三等庚韻的「鳴」、「明」、梗攝開口三等清韻的「名」、梗攝開口四等的「銘」讀同*min2，從《中原音韻》而言，曾攝開口三等、梗攝開口三等、梗攝開口四等皆讀 iəŋ，從《西儒耳目資》而言，曾攝開口三等、梗攝開口三等、梗攝開口四等皆讀有 iŋ。可見中古《切韻》架構下，董同龢在曾攝開口三等、梗攝開口三等、梗攝開口四等舒聲所擬音的-jəŋ、-juŋ、-jɐŋ、-ieŋ，在原始鹽城方言中，幫系聲母下的曾攝開口三等、梗攝開口三等、梗攝開口四等，或因為曾攝、梗攝韻尾發生-ŋ＞-n，主要元音皆高化為 i，因而有合流的現象，從《中原音韻》而言，曾攝開口三等、梗攝開口三等、梗攝開口四等皆合流讀 iəŋ，從《西儒耳目資》而言，曾攝開口三等、梗攝開口三等、梗攝開口四等皆保留韻尾而讀有 iŋ。

再以中古架構的「曾攝開口一等、梗攝開口二等匣母字」為例：

表 286　曾攝開口一等、梗攝開口二等匣母字舉例

| 例　字 | 中　古 | 《中原音韻》 | | 《西儒耳目資》 | 原始鹽城方言 |
		韻　母	擬　音		
「恆」	曾開一匣平	庚青韻	xəŋ 陽平	hem2	*xən2
「衡」	梗開二匣平	庚青韻	xiəŋ 陽平	hem2	*xən2

從上表來看，在原始鹽城方言中，曾攝開口一等的「恆」和梗攝開口二等庚韻的「衡」讀同*xən2，從《中原音韻》而言，曾攝開口一等的「恆」讀為 xəŋ 陽平，梗攝開口二等庚韻的「衡」讀為 xiəŋ 陽平，差別在於介音的有無，從

《西儒耳目資》而言，曾攝開口一等、梗攝開口二等皆讀有 əŋ。可見中古《切韻》架構下，董同龢在曾攝開口一等、梗攝開口二等舒聲所擬音的-əŋ、-ɐŋ，在原始鹽城方言中，幫系聲母下的曾攝開口一等、梗攝開口二等，或因為曾攝、梗攝韻尾發生-ŋ＞-n，主要元音皆變為 ə，因而有合流的現象，從《中原音韻》而言，曾攝開口一等及梗攝開口二等差別在於介音 i 的有無，從《西儒耳目資》而言，曾攝開口一等、梗攝開口二等皆保留韻尾而讀有 əŋ。

再以中古架構的「曾攝開口三等、梗攝開口三等知系字」為例：

表 287　曾攝開口三等、梗攝開口三等知系字舉例

例　字	中　古	《中原音韻》		《西儒耳目資》	原始鹽城方言
		韻　母	擬　音		
「徵」	曾開三知平	庚青韻	tʂiəŋ 陰平	chim1	*tsən1
「澄」、「懲」	曾開三澄平	庚青韻	tʂʰiəŋ 陽平	chʰim2	*tsʰən2
「貞」	梗開三知平	庚青韻	tʂiəŋ 陰平	chim1	*tsən1
「偵」	梗開三徹平	-	-	chim1	*tsən1
「呈」、「程」	梗開三澄平	庚青韻	tʂʰiəŋ 陽平	chʰim2	*tsʰən2

從上表來看，在原始鹽城方言中，曾攝開口三等的「徵」和梗攝開口三等清韻的「貞」讀同*tsən1，而在原始鹽城方言中，曾攝開口三等的「澄」、「懲」和梗攝開口三等清韻的「呈」、「程」讀同*tsʰən2，從《中原音韻》而言，曾攝開口三等、梗攝開口三等皆讀同 iəŋ，從《西儒耳目資》而言，曾攝開口三等、梗攝開口三等皆讀有 iŋ。可見中古《切韻》架構下，董同龢在曾攝開口三等、梗攝開口三等舒聲所擬音的-jəŋ、-jɛŋ，在原始鹽城方言中，幫系聲母下的曾攝開口三等、梗攝開口三等，或因為曾攝、梗攝韻尾發生-ŋ＞-n，主要元音皆變為 ə，因而有合流的現象，從《中原音韻》而言，曾攝開口三等、梗攝開口三等皆合流 iəŋ，從《西儒耳目資》而言，曾攝開口三等、梗攝開口三等皆保留韻尾而讀有 iŋ。

5.5　韻母的文白異讀

關於鹽城方言韻母的文白異讀，蔡華祥（2011：86）認為有兩種情形：1. 假攝開口三等麻韻字，今白讀為ɒ，文讀為ɿ；2. 咸、山攝開口一等見系字，今白讀為 o，文讀為 æ。

　　假攝開口三等麻韻字「今白讀為ɒ，文讀為ɿ」的情形，實際上並非侷限於「今白讀為ɒ，文讀為ɿ」，茲錄「假攝開口三等麻韻字的文白異讀」的情形於下：

表 288　韻母的文白異讀：假攝開口三等麻韻字的文白異讀

例　字	中　古				現代鹽城方言	
	聲　母	清　濁	韻　母	聲　調	白讀音	文讀音
「爺」	知母	全清	假開三	平聲	<u>tiɒ1</u>	<u>ɿ3</u>
「扯」	昌母	次清	假開三	上聲	<u>tsʰɒ3</u>	<u>tsʰɿ3</u>
「舍」	書母	清	假開三	去聲	<u>sɒ3</u>	<u>sɿ3</u>
「也」	以母	次濁	假開三	上聲	<u>ɒ3</u>	<u>e3</u>

　　從上表觀之可以發現，假攝開口三等麻韻字不只有「今白讀為ɒ，文讀為ɿ」的情形，諸如「也」字，今白讀為ɒ，但其文讀為 e。

　　再來，茲錄「今白讀為 o，文讀為 æ」的情形於下：

表 289　韻母的文白異讀：今白讀為 o，文讀為 æ

例　字	中　古				現代鹽城方言	
	聲　母	清　濁	韻　母	聲　調	白讀音	文讀音
「含」	匣母	全濁	咸開一	平聲	<u>xo2</u>	<u>xæ2</u>
「看~家」	溪母	次清	山開一	平聲	<u>kʰo1</u>	<u>kʰæ1</u>
「看不好~」	溪母	次清	山開一	去聲	<u>kʰo5</u>	<u>kʰæ5</u>
「般」	幫母	全清	山合一	平聲	<u>po1</u>	<u>pæ1</u>
「緩」	匣母	全濁	山合一	上聲	<u>o5</u>	<u>xuæ5</u>

　　從上表觀之可以發現，「今白讀為 o，文讀為 æ」的情形實際上僅是各攝之孤例，且在山攝合口一等也有「今白讀為 o，文讀為 æ」的情形。蔡文中有列「干」、「寒」、「汗」，然其〈同音字彙〉並未列出這三個字的白讀音。

　　若以韻母的角度而言，實際上還有一些文白異讀的韻母變化，茲列於下：

表 290　韻母的文白異讀：其他

例　字	中　古				現代鹽城方言	
	聲　母	清　濁	韻　母	聲　調	白讀音	文讀音
「個」	見母	全清	果開一	去聲	<u>ko5</u>	<u>kɯ5</u>
「崖」	疑母	次濁	蟹開二	平聲	<u>ŋe3</u>	<u>iɒ2</u>

「蕊」	日母	次濁	止合三	上聲	<u>lɪ3</u>	<u>luɪ3</u>
「暈」	云母	次濁	臻合三	去聲	<u>xuən1</u>	<u>yən1</u>
「永」	云母	次濁	梗合三	上聲	<u>iɔŋ3</u>	<u>yən3</u>
「役」	以母	次濁	梗合三	入聲	<u>yəʔ7</u>	<u>i5</u>

上表所列之字，文白異讀之間皆有韻母之間的差異，諸如「個」的韻母白讀音為 o，文讀音為 ɯ；「崖」的韻母白讀音為 e，文讀音為 ɒ；「蕊」的韻母白讀音為 ɪ，文讀音為 uɪ，即是介音的差異；「暈」的韻母白讀音為 uən，文讀音為 ən，也是介音的差異；「永」的韻母白讀音為 iɔŋ，文讀音為 ən，為整個韻母進行變化；「役」的韻母白讀音為 yəʔ，文讀音為 i，也是整個韻母進行變化。

第 6 章　從歷史語料看鹽城方言的聲調演變

第 6 章為〈從歷史語料看鹽城方言的聲調演變〉，分析原始鹽城方言的聲調特徵及歷時比較。具體內容為：6.1 平分陰陽；6.2 全濁上變去；6.3 入聲調類保留與入派三聲；6.4 聲調的文白異讀，亦即分為四部分來呈現。

6.1　平分陰陽

「平分陰陽」係指中古《切韻》架構的平聲字，會根據聲母的清濁，分派到陰平聲及陽平聲兩個調類。

原始鹽城方言與中古《切韻》架構的對應，中古全清、次清聲母之字讀成「陰平」，全濁、次濁聲母之字讀成「陽平」。

以中古架構的「果攝開口一等平聲端系字」為例：

表 291　果攝開口一等平聲端系字舉例

例　字	中　古	《中原音韻》		《西儒耳目資》	原始鹽城方言
		韻　母	聲　調		
「多」	果開一端平	歌戈韻	陰平	to1	*tõ1
「拖」	果開一透平	歌戈韻	陰平	tʰo1	*tʰõ1
「他」	果開一透平	歌戈韻	陰平	tʰa1	*tʰɒ1

| 「駝」、「馱」 | 果開一定平 | 歌戈韻 | 陽平 | tʰo2 | *tʰõ2 |
| 「挪」 | 果開一泥平 | 歌戈韻 | 陽平 | no2 | *nõ2 |

從上表來看，中古《切韻》架構「全清」、「次清」聲母之字，原始鹽城方言、《中原音韻》、《西儒耳目資》讀為陰平（調類 1）；中古《切韻》架構「全濁」、「次濁」聲母之字，原始鹽城方言、《中原音韻》、《西儒耳目資》讀為陽平（調類 2）。

　　再以中古架構的「果攝合口一等平聲幫系字」為例：

表 292　果攝合口一等平聲幫系字舉例

例　字	中　古	《中原音韻》		《西儒耳目資》	原始鹽城方言
		韻　母	擬　音		
「波」、「菠」	果合一幫平	歌戈韻	陰平	po1	*põ1
「頗」、「坡」	果合一滂平	歌戈韻	陰平	pʰo1	*pʰõ1
「玻」	果合一滂平	歌戈韻	陰平	pʰo1	*põ1
「婆」	果合一並平	歌戈韻	陽平	pʰo2	*pʰõ2
「魔」、「摩」	果合一明平	歌戈韻	陽平	mo2	*mõ2

從上表來看，中古《切韻》架構「全清」、「次清」聲母之字，原始鹽城方言、《中原音韻》、《西儒耳目資》讀為陰平（調類 1）；中古《切韻》架構「全濁」、「次濁」聲母之字，原始鹽城方言、《中原音韻》、《西儒耳目資》讀為陽平（調類 2）。

　　綜上所言，可見中古《切韻》架構「全清」、「次清」聲母之字，在原始鹽城方言、《中原音韻》、《西儒耳目資》都讀為陰平調；另外，「全濁」、「次濁」聲母之字，在原始鹽城方言、《中原音韻》、《西儒耳目資》都讀為陽平調。

6.2　全濁上變去

　　「全濁上變去」係指中古《切韻》架構的聲母為全濁的上聲調類字，會改讀去聲，而次濁上字聲調和清上字聲調相同，即何大安（1994：268）所言「官話型的濁上歸去」。丁聲樹、李榮（1984：4）認為：「古全濁上聲今變去聲，這是一條很重要的演規律，官話區的方言幾乎全是這樣的。」

　　原始鹽城方言與中古《切韻》架構的對應，中古全濁聲母的上聲變成去聲，次濁聲母的上聲則未改變。

以「果攝合口一等上聲與去聲端系字」為例：

表 293　果攝合口一等上聲與去聲端系字舉例

例　字	中　古	《中原音韻》		《西儒耳目資》	原始鹽城方言
		韻　母	擬　音		
「朵」	果合一端上	歌戈韻	上聲	to3	*tõ3
「妥」、「橢」	果合一透上	歌戈韻	上聲	tʰo3	*tʰõ3
「惰」	果合一定上	歌戈韻	去聲	tʰo3	*tõ5
				to5	*tõ5
「剁」	果合一端上	歌戈韻	去聲	to5	*tõ5
「唾」	果合一定上	歌戈韻	去聲	to5	*tʰɔu5

從上表來看，中古《切韻》架構「全清」、「次清」聲母之字，原始鹽城方言、《中原音韻》、《西儒耳目資》讀為上聲（調類3）；中古《切韻》架構「全濁」聲母之字，原始鹽城方言、《中原音韻》、《西儒耳目資》讀為去聲（調類5）。

再以「遇攝合口三等上聲與去聲非系字」為例：

表 294　遇攝合口三等上聲與去聲非系字舉例

例　字	中　古	《中原音韻》		《西儒耳目資》	原始鹽城方言
		韻　母	擬　音		
「府」、「俯」、「甫」、「斧」	遇合三上非	魚模韻	上聲	fu3	*fu3
「父」	遇合三上奉	魚模韻	上聲	fu3	*fu5
		魚模韻	去聲	fu5	
「釜」、「腐」、「輔」	遇合三上奉	魚模韻	去聲	fu3	*fu3
「侮」	遇合三上微	魚模韻	上聲	vu3	*ɔu1
「武」、「舞」、「鵡」	遇合三上微	魚模韻	上聲	vu3	*ɔu3
「付」、「賦」、「傅」	遇合三去非	魚模韻	去聲	fu5	*fu5
「赴」、「訃」	遇合三去敷	魚模韻	去聲	fu5	*fu5
「附」	遇合三去奉	魚模韻	去聲	fu5	*fu5
「務」、「霧」	遇合三去微	魚模韻	去聲	vu5	*ɔu5

從上表來看，中古《切韻》架構「全清」、「次清」聲母之字，原始鹽城方言、《中原音韻》、《西儒耳目資》讀為上聲（調類3）；中古《切韻》架構「全濁」聲母之字，原始鹽城方言、《中原音韻》、《西儒耳目資》讀為去聲（調類5）。

綜上所言，中古《切韻》架構的上聲「全濁」聲母之字在原始鹽城方言、

《中原音韻》及《西儒耳目資》皆改讀為去聲，此即「全濁上變去」。

6.3 入聲調類保留與入派三聲

原始鹽城方言與中古《切韻》架構的對應，中古入聲字在原始鹽城方言中大多保有入聲音，即「入聲調類保留」。從 5.3.2〈入聲調類保留〉的討論可見，不論聲母如何變化，韻尾皆以喉塞音-ʔ進行收束，保留入聲的短促音。因此，中古《切韻》架構的入聲音之字在原始鹽城方言大多依然讀入聲。

不過，也有已經「入派三聲」〔註1〕者，本節嘗試進行討論。下列利用《方言調查字表》將現代鹽城方言已經「入派三聲」者進行窮舉，見下表：

表 295　現代鹽城方言已經「入派三聲」者

例　字	中　　古				現代鹽城方言
	聲　母	清　濁	韻　母	聲　調	語　音
「拉」	來母	次濁	咸開一	入聲	lɒ1
「蛤」	見母	全清	咸開一	入聲	xɒ2
「掐」	溪母	次清	咸開二	入聲	kʰɒ5
「什」〔註2〕	禪母	濁	深開三	入聲	sən2
「嘎」	見母	全清	山開二	入聲	kɒ3
「撮」	清母	次清	山合一	入聲	tsʰo1
「日」	日母	次濁	臻開三	入聲	lɿ1
「酪」	來母	次濁	宕開一	入聲	lɔ5
「索」	心母	清	宕開一	入聲	so3
「郝」	曉母	全濁	宕開一	入聲	xɔ3
「堊」	影母	全清	宕開一	入聲	ŋɒ5
「塞」	心母	清	曾開一	入聲	se5
「伯」	幫母	全清	梗開二	入聲	pe1
「摘」	穿母	次清	梗開二	入聲	tsɒ5

〔註1〕「入派三聲」係指中古《切韻》架構的入聲都派分到平聲、上聲、去聲三聲之中。

〔註2〕「什」字於現代鹽城方言（蔡 2011：115）讀音為 sən2，其-n 韻尾頗為特殊，按理而言，中古入聲不應出現-n 韻尾，筆者推測此係「什麼」的縮讀（contraction），而後字「麼」的 me 先脫落-e 韻尾，-m-合併至前字「什」的韻尾，然後「什」為深攝字，由 5.2.1〈雙唇鼻音韻尾-m 消失〉可知，其發生雙唇鼻音韻尾-m 變為齒齦鼻音韻尾-n 的情形，故而於此記音為 sən2。

「歷」	來母	次濁	梗開四	入聲	i1
「哭」	溪母	次清	通合一	入聲	kʰəu1
「淑」	禪母	濁	通合三	入聲	səu5

從上表來看，依然有少數的中古入聲字已經改讀為平、上、去三聲。〔註3〕

戈載《詞林正韻・發凡》云：

> 周德清《中原音韻》列東鍾、江陽等十九部，入聲則以之配隸三聲。
>
> 〈例〉曰『廣其押韻，為作詞而設』。以予推之，入為瘂音，欲調曼
> 聲，必諧三聲。故凡入聲之正次清音轉上聲，正濁作平，次濁作去。
>
> 隨音轉協，始有所歸耳。高安雖未明言其理，而予測其大略如此。

藉上引文及楊耐思（1981：50）之說法，「官話入派三聲」的原則大致係：1. 中古全濁入聲字變為陽平；2. 中古次濁與影母入聲字變為去聲；3. 中古清聲母入聲字變為上聲。

6.4　聲調的文白異讀

關於鹽城方言聲調的文白異讀，蔡華祥（2011：77）認為有：古全濁上聲字、去聲字今白讀為陰平，文讀為去聲。

實際上並非侷限於中古全濁上聲和去聲音，茲錄蔡華祥（2011）「白讀為陰平，文讀為去聲」的情形於下：

表 296　聲調的文白異讀：白讀為陰平，文讀為去聲

例　字	中　古				現代鹽城方言	
	聲　母	清　濁	韻　母	聲　調	白讀音	文讀音
「大」	定母	全濁	果開一	去聲	ta1	ta5
「坐」	從母	全濁	果合一	上聲	tsʰo1	tso5
「禍」	匣母	全濁	果合一	上聲	xo1	xo5
「罵」	明母	次濁	假開二	去聲	mɒ1	mɒ5
「下」	匣母	全濁	假開二	去聲	xɒ1	çiɒ5
「部」	並母	全濁	遇合一	上聲	pʰu1	pu5
「步」	並母	全濁	遇合一	去聲	pʰu1	pu5
「渡」	定母	全濁	遇合一	去聲	tʰəu1	təu5

〔註3〕當然，相關的字例也可能有「通假」或「借字」的可能。

「路」	來母	次濁	遇合一	去聲	ləu1	ləu5
「柱」	澄母	全濁	遇合三	上聲	tsʰəu1	tsəu5
「遇」	疑母	次濁	遇合三	去聲	y1	y5
「袋」	定母	全濁	蟹開一	去聲	tʰe1	te5
「在」	從母	全濁	蟹開一	上聲	tsʰe1	tse5
「艾」	疑母	次濁	蟹開一	去聲	ŋe1	e5
「害」	匣母	全濁	蟹開一	去聲	xe1	xe5
「敗」	並母	全濁	蟹開二	去聲	pʰe1	pe5
「罪」	從母	全濁	蟹合一	上聲	tɕʰyɪ1	tɕyɪ5
「外」	疑母	次濁	蟹合一	去聲	ve1	ve5
「會開~」	匣母	全濁	蟹合一	去聲	xuɪ1	xuɪ5
「壞」	匣母	全濁	蟹合二	去聲	xue1	xue5
「話」	匣母	全濁	蟹合二	去聲	xuɒ1	xuɒ5
「地」	定母	全濁	止開三	去聲	tɕʰi1	tɕʰi5
「字」	從母	全濁	止開三	去聲	tsʰɿ1	tsɿ5
「事」	崇母	全濁	止開三	去聲	sɿ1	sɿ5
「跪」	群母	全濁	止合三	上聲	kʰuɪ1	kuɪ5
「為做~」	云母	次濁	止合三	平聲	vɪ1	vɪ5
「櫃」	群母	全濁	止合三	去聲	kʰuɪ1	kuɪ5
「味」	微母	次濁	止合三	去聲	vɪ1	vɪ5
「抱」	並母	全濁	效開一	上聲	pʰɔ1	pɔ5
「稻」	定母	全濁	效開一	上聲	tʰɔ1	tɔ5
「帽」、「冒」	明母	次濁	效開一	去聲	mɔ1	mɔ5
「號~數」	匣母	全濁	效開一	去聲	xɔ1	xɔ5
「尿」	泥母	次濁	效開四	去聲	niɔ1	niɔ5
「料」	來母	次濁	效開四	去聲	liɔ1	liɔ5
「厚」、「后」	匣母	全濁	流開一	上聲	xɯ1	xɯ5
「豆」	定母	全濁	流開一	去聲	tʰɯ1	tɯ5
「漏」	來母	次濁	流開一	去聲	lɯ1	lɯ5
「舅」	群母	全濁	流開三	上聲	tɕʰiɯ1	tɕiɯ5
「舊」	群母	全濁	流開三	去聲	tɕʰiɯ1	tɕiɯ5
「就」	從母	全濁	流開三	去聲	tɕʰiɯ1	tɕiɯ5

「淡」	定母	全濁	咸開一	上聲	tʰæ1	tæ5
「念」	泥母	次濁	咸開四	去聲	nɪ1	nɪ5
「限」	匣母	全濁	山開二	上聲	xæ1	ɕiæ5
「件」	群母	全濁	山開三	上聲	tɕʰɪ1	tɕɪ5
「面」	明母	次濁	山開三	去聲	mɪ1	mɪ5
「練」	來母	次濁	山開四	去聲	lɪ1	lɪ5
「硯」	疑母	次濁	山開四	去聲	ɪ1	ɪ5
「斷~絕」	定母	全濁	山合一	上聲	tʰo1	to5
「斷決~」	定母	全濁	山合一	去聲	tʰo1	to5
「亂」	來母	次濁	山合一	去聲	lo1	lo5
「換」	匣母	全濁	山合一	去聲	xo1	xo5
「卞」	並母	全濁	山合三	去聲	pʰɪ1	pɪ5
「萬」	微母	次濁	山合三	去聲	væ1	væ5
「願」	疑母	次濁	山合三	去聲	yo1	yo5
「恨」	匣母	全濁	臻開一	去聲	xən1	xən5
「近」	群母	全濁	臻開三	上聲	tɕʰin1	tɕin5
「悶」	明母	次濁	臻合一	去聲	mən1	mən5
「鈍」	定母	全濁	臻合一	去聲	tʰən1	tən5
「嫩」	泥母	次濁	臻合一	去聲	nən1	nən5
「問」	明母	次濁	臻合三	去聲	vən1	vən5
「丈」	澄母	全濁	宕開三	上聲	tsʰa1	tsa5
「上~山」	禪母	濁	宕開三	上聲	sa1	sa5
「亮」	來母	次濁	宕開三	去聲	lia1	lia5
「讓」	日母	次濁	宕開三	去聲	la1	la5
「匠」	從母	全濁	宕開三	去聲	tɕʰia1	tɕia5
「樣」	以母	次濁	宕開三	去聲	ia1	ia5
「忘」、「望」	微母	次濁	宕合三	去聲	va1	va5
「往」	云母	次濁	宕合三	上聲	va1	va5
「棒」	並母	全濁	江開二	上聲	pʰa1	pa5
「撞」	澄母	全濁	江開二	去聲	tɕʰya1	tɕya5
「項」	匣母	全濁	江開二	上聲	xa1	ɕia5
「巷」	匣母	全濁	江開二	去聲	xa1	ɕia5
「病」	並母	全濁	梗開三	去聲	pʰin1	pin5

「命」	明母	次濁	梗開三	去聲	min1	min5
「動」	定母	全濁	通合一	上聲	tʰɔŋ1	tɔŋ5
「洞」	定母	全濁	通合一	去聲	tʰɔŋ1	tɔŋ5
「弄」	泥母	次濁	通合一	去聲	nɔŋ1	nɔŋ5
「夢」	明母	次濁	通合三	去聲	mɔŋ1	mɔŋ5
「重輕~」	澄母	全濁	通合三	上聲	tsʰɔŋ1	tsɔŋ5
「用」	云母	次濁	通合三	去聲	iɔŋ1	iɔŋ5

從上表來看，可以發現，不只有中古全濁上聲字、去聲字發生「白讀為陰平，文讀為去聲」的情形，次濁上聲字、去聲字也不計少數，諸有「讓」、「樣」、「往」等。

於外，我們有發現，有一些清聲母字也有「白讀為陰平，文讀為去聲」的讀音，列於下表：

表297　清聲母中白讀為陰平，文讀為去聲者

例　字	中　古				現代鹽城方言	
	聲　母	清　濁	韻　母	聲　調	白讀音	文讀音
「堰」	影母	全清	山開三	去聲	ɿ1	ɿ5
			臻開三	上聲 去聲		
「鑽」	精母	全清	山合一	去聲	tso1	tso5
「喪」	心母	清	宕開一	平聲	sa1	sa5
「怨」	影母	全清	山合三	去聲	yo1	yo5

然而，從《廣韻》來看，「鑽」、「喪」、「怨」都有兩讀，「鑽」有借官切、子筭切；「喪」有息郎切、蘇浪切；「怨」有於袁切、於願切，皆係平去兩讀，故應非文白異讀。另外，「堰」從《廣韻》來看有上去二讀，皆為影母，本論文認為其有他音使其音變，姑且存疑。

第 7 章　結論與展望

第 7 章為〈結論與展望〉，根據本論文的研究成果，總結原始鹽城方言的聲韻互動，說明主要研究成果、所面臨的研究限制，也提出於本論文的基礎上得以展開的相關後續研究，以全面綜觀鹽城方言在共時與歷時之間的音韻發展。具體內容為：7.1 本論文主要研究成果；7.2 本論文研究限制；7.3 本論文後續相關研究，亦即分為三部分來呈現。

7.1　本論文主要研究成果

本論文題目為「原始鹽城方言音韻系統擬測及相關問題之研究」，經過前述原始鹽城方言音韻系統擬測及鹽城方言音韻規則對應分析，可以發現原始鹽城方言與中古《切韻》架構、近代音《中原音韻》（1324）、《西儒耳目資》（1626）的對應，必有一定程度的安排。藉由分析，更能體會語音流變的特殊之處，以及其中所蘊含的巧思。

本論文盡可能羅列音韻規則對應，並試圖解釋，嘗試理解原始鹽城方言與中古《切韻》架構、近代音韻書的對應情形，也讓其中的對應狀況更為顯明。

對應本論文第 1 章〈緒論〉預期解決的四項動機，本論文所得結論如下：

1. 透過鹽城市（鹽城城區）的蘇曉青（1993）、鮑明煒（1998）、蔡華祥（2011）、江蘇省語言資源編纂委員會（2015）等數筆語料描寫，並使用一筆田野調查語料（2022），增加可用來比較的語料，以逐步掌握鹽城方言的面貌。

2. 排除特殊情形以後，以歷史語言學比較方法，從六種語料的同源詞來

看，利用方向性觀點、多數決原則，透過聲母顎化、韻母元音高化、前高展唇元音舌尖化、鼻化、去鼻化、合音、脫落（音節省略）、清化等語音演變規則，綜合討論之下，擬測原始鹽城方言。關於原始鹽城方言，計有 19 個聲母、49 個韻母、5 個聲調。在討論的過程中，也利用原始鹽城方言音韻系統擬測的結果，針對鹽城市下若干語料的語音現象提出合理且可靠的解釋。

　　3. 原始鹽城方言與吳瑞文（2022）原始淮安方言的擬測情形相去不遠，都屬於原始江淮官話的一支，而原始江淮官話又屬於「官話」的一支。

　　4. 根據原始鹽城方言與中古《切韻》架構及近代音材料《中原音韻》、《西儒耳目資》的對應情形，對目前鹽城市下若干語料中值得注意的幾個歷時音韻現象進行解釋。從歷史語料看鹽城方言的語音演變中，聲母分有 11 節進行討論，諸有：濁音清化、唇音分化與非敷奉合流、微母字的演變、泥來母對立、日母字的演變、知照合流、見精組分化、疑母字的演變、影母字的演變、于母字的零聲母化、聲母的文白異讀；韻母分有 5 節進行討論，諸有：四呼問題、鼻音韻尾問題、入聲韻尾問題、從中古音看韻母的分合問題、韻母的文白異讀；聲調分有 4 節進行討論，諸有：平分陰陽、全濁上變去、入聲調類保留與入派三聲、聲調的文白異讀。

7.2　本論文研究限制

　　本論文所面臨的研究限制有：

　　1. 本論文在研究原始鹽城方言音韻系統擬測及相關問題之探討時，由於時空變遷以及個人能力的問題，遭遇許多困境。諸如臺灣華語（北京官話）和原始鹽城方言雖同為漢語系統，然而，對於漢字的理解以及用法也有些許的差異，在「本字」（詞源）的探討上是一大挑戰。此外，以筆者自身對於歷史語言學、比較方法的理解，並不能保證能對本論文所及的所有音韻現象都做出正確的理解。

　　2. 其次，鹽城方言的語料中，有些記載了詞彙、語法、例句等資訊，然而，因為時間因素，以及筆者目前能力不足，未能對鹽城方言中所有語料的文型及語法問題進行討論，只得先專就語音方面進行探討。因此，無法考慮變調及詞綴、別義異讀的可能，也無法考慮自由變體的問題。

　　3. 據丁邦新（2009：152）所言，董同龢（1948）脫離漢字羈絆，放棄以中

古音為主的方言調查字表，以記錄口語的方式（誘發性的提問，諸如故事、諺語）調查華陽涼水井客家話的材料，並純粹以語音描寫的立場來分析。另外，註腳 3 提及，「據洪惟仁轉告，梅祖麟說：董先生這個做法是受到李方桂先生的指導，採用美國結構學派的語言調查法，不用字表，後來調查閩語也是如此。」筆者以為，《方言調查字表》貴在可以快速調查，但其設計的原理和歷史語言學上的同源詞表關聯性相對較低。筆者希冀未來能以誘發性的提問進行，以確認真實語言中的區別特徵和互補分配，使推演出的音系有更大的支持。另外，也可以設計最小對比詞，過幾天再問，並比對其他鹽城發音人的讀音，來判斷所調查是否為真正的當地方言。

4. 由於 2020 年初嚴重特殊傳染性肺炎（COVID-19）疫情爆發，使得跨國研究受到阻礙，許多的不確定因素促使語料的取得面臨停擺。實際的田野調查，不只是面對面的發音人合作採集，更多的是深入當地的生活（諸如市集、賣場、車站等），所得語料才會充分。

7.3　本論文後續相關研究

關於本論文後續相關研究，筆者認為可以有以下的發展：

1. 蔡華祥（2011）第四章〈同音字彙〉中，有許多詞彙的書寫尚未定論，即是「本字」（詞源）問題。本論文已經深刻釐清現代鹽城方言與中古《切韻》架構的對應情形，或許可以透過如此的對應關係，在詞源學之下，藉由歷史語言學比較方法，從《廣韻》（《切韻》系韻書）推測「本字」。

2. 本論文也受到吳瑞文（2022）的啟發，其結論言：「若想要進一步追溯原始淮安方言*ts、*tɕ系列聲母的變遷，便應當與原始中部江淮官話或原始黃孝方言進行更高層次的比較」，原始鹽城方言也面臨著同樣的問題。此外，*k細音和*tʂ也需要進行考慮。故此，這也是後續可以關注的研究議題。

3. 從歷史語料看鹽城方言的聲母演變中，似乎可以再考慮「日喻合流」的問題，以本論文原始鹽城方言為例，喻三母（于母）三等的「銳」讀為*luəɪ5，日母三等的「繞」讀為*lɔ1、*lɔ3 或*lɔ5。然而，此問題涉及的不只是日母、喻母的問題，還涉及來母、影母，應當找尋更多字例，進行擬測及層次研究，才能釐清其中之問題，故此，此亦為後續可關注之議題。

4. 宕江合攝下，知組字實際上是對立的，其結構與本論文所舉之例甚異。然而本論文認為應當找尋更多字例進行研究，才能釐清其中之問題，故此，此亦為後續可關注之議題。

5. 若以朱曉農（2006：99）「高頂出位的六種方式」一圖：這樣的演變應當經過「擦化」（i＞i$_z$）、「舌尖化」（朱氏所言係狹義的說法，即 i$_z$＞ɿ）與「邊音化」（ɿ＞ʅ）。朱曉農（2006：108）以徽語為討論對象，認為一條完整的演變鏈是：「普通 i＞擦化 i$_z$＞尖化 tsɿ＞邊擦化 tɬ／ʅ。」本文所處理的鹽城方言尚無法證明從 i 到ʅ的確切演變，有待未來擴增語料，再進一步廓清。

6. 朱曉農（2006：104）以合肥話的舌尖化為例，範圍很廣，各類聲母都有；另外，再以金壇西崗鎮話為例（原屬吳語，因人口遷徙，現在除了少數老年人，都已改用江淮官話），其止蟹攝三四等字現在出現了舌尖元音異讀。鹽城方言田野 2022 於此也有舌尖化的情形，而且蔓延到 p、pʰ，「皮」、「比」、「屁」字為止攝字，「閉」字為蟹攝字，符合金壇西崗鎮話的演變情形。關於這樣的音韻創新，值得未來再行探討。

7. 本論文原始鹽城方言的韻母系統擬測結果發現，*in 更早期的形式當為 **iən，從內部構擬法的系統性觀點來看，入聲尚保留*iəʔ，然諸多已經顯示為*iʔ，而陽聲韻則全然顯示為*in，故以**iəʔ＞*iʔ推測**iən＞*in 當係成立，因此，上表將*in 與*ən、*uən、*yən 同列。然而，本論文尊重歷史語言學比較方法所構擬之語音，此推測需要留待更多其他江淮官話方言點的材料來證明。

8. 本論文原始鹽城方言的聲調系統擬測，由於聲調調值資料較不穩定，頗難重構出準確調值，本論文暫不進行確切調值擬測，希冀未來蒐集更多方言點的材料時，再行構擬。

9. 本論文展望漢語音韻學研究可以橫跨比較方法與文獻之間，特別是對於傳統的音韻材料，可以逐漸增加比較方法之外的視野，重新賦予意義。如同樣是原始鹽城方言的相關研究，可以繼續討論對於其他相關原始語言的關係。

本論文在原始語言及漢語文獻之間作了一次嘗試，期待諸家集思廣益，使漢語音韻學重新走向百家爭鳴的繁榮景象。本論文尚有許多未竟之處，有待未來深入精進，再拓展並討論。

參考書目

一、**傳統文獻**（依年代先後排列）

1. 戰國・晏嬰撰，1966，《晏子春秋》，臺北：中華書局。

2. 西漢・揚雄撰，晉・郭璞注，2016，《方言》，北京：中華書局。

3. 西漢・劉安等編著，漢・高誘注，清・莊逵吉校，王瀣批注，2024，《淮南子》，揚州：廣陵書社。

4. 東漢・鄭玄注，唐・賈公彥疏，1987，《周禮》，《十三經注疏——附校勘記》，臺北：藝文印書館。

5. 東漢・鄭玄注，唐・賈公彥疏，1987，《儀禮》，《十三經注疏——附校勘記》，臺北：藝文印書館。

6. 北齊・顏之推，周法高撰輯，1975，《顏氏家訓彙注》，臺北：台聯國風。

7. 唐・陸德明，鄧仕樑、黃坤堯校訂索引，1988，《新校索引經典釋文》，臺北：學海出版社。

8. 宋・陳彭年等著，2001，《新校宋本廣韻》，臺北：洪葉文化。

9. 元・周德清，1997，《中原音韻》，臺北：藝文印書館。

10. 明・瓦羅，姚小平、馬又清譯，2003，《華語官話語法》，北京：外語教學與研究出版社。

11. 明・金尼閣，1995，《西儒耳目資》，北京大學圖書館藏武林李衙藏本，《續修四庫全書・經部小學類》259 冊，上海：上海古籍。

12. 明・李登，1997，《書文音義便考私編》，濟南：齊魯書社。

13. 清・戈載，1995，《詞林正韻》，《續修四庫全書》1737 冊，上海：上海古籍出版社。

14. 清‧存之堂輯，2001，《圓音正考》，清道光十五年京都三槐堂刻本，《續修四庫全書‧經部小學類》254 冊，上海：上海古籍出版社。

15. 清‧李汝珍，1995，《李氏音鑑》，清嘉慶十五年寶善堂本，《續修四庫全書‧經部小學類》260 冊，上海：上海古籍出版社。

16. 清‧胡垣，1886，《古今中外音韻通例》，光緒戊子年胡氏家刊本。

17. 清‧馬禮遜，2008，《華英字典》，鄭州：大象出版社。

二、近人論著（依類別與姓名筆劃少多排列）

（一）專書

1. Coblin, W. South.（柯蔚南） 2005. *Comparative Phonology of the Huáng Xiào Dialects*. 臺北：中央研究院語言學研究所。

2. Hemeling, Karl Ernst Georg. 1907. *Die Nanking Kuanhua*. Göttingen: Druck der Dieterichschen Univ.-Buchdruckerei (W. Fr. Kästner).

3. Lyle Campbell. 2013. *Historical Linguistics : An Introduction*. MIT Press.

4. Terry Crowley & Claire Bowern. 2010. *An Introduction to Historical Linguistics*. Oxford University Press.

5. Trask, R.L. 2000. *Historical linguistics*. 北京：外語教學與研究出版社。

6. 丁邦新，1998，《丁邦新語言學論文集》，北京：商務印書館。

7. 丁邦新，2015，《音韻學講義》，北京：北京大學出版社。

8. 丁聲樹撰文，李榮製表，1984，《漢語音韵講義》，上海：上海教育出版社。

9. 中國社會科學院語言研究所，1988，《方言調查字表》，北京：商務印書館。

10. 中國社會科學院語言研究所、中國社會科學院民族學與人類學研究所、香港城市大學語言資訊科學研究中心合編，2012，《中國語言地圖集：第 2 版──漢語方言卷》，北京：商務印書館。

11. 方豪，1970，《中國天主教史人物傳》第一冊，香港：香港公教真理學會。

12. 王力，1980，《漢語史稿》，北京：中華書局。

13. 王世華，1959，《揚州話音系》，北京：科學出版社。

14. 平田昌司主編，1998，《徽州方言研究》，東京：好文出版。

15. 合肥師範學院方言調查工作組，1962，《安徽方言概況》，合肥：合肥師範學院。

16. 安徽省地方志編輯委員會，1997，《安徽省志‧方言志》，安徽地方志編纂委員會，北京：方志出版社。

17. 朱曉農，2006，《音韻研究》，北京：商務印書館。

18. 江蘇省公安廳《江蘇方言總匯》編寫委員會編，1998，《江蘇方言總匯》，北京：中國文聯出版公司。

19. 江蘇省和上海市方言調查指導組，1960，《江蘇省和上海市方言概況》，南京：江

蘇人民出版社。

20. 江蘇省語言資源編纂委員會，2015，《江蘇語言資源資料彙編》，南京：鳳凰出版社。

21. 何大安，1991，《聲韻學中的觀念和方法》，臺北：大安出版社。

22. 吳波，2020，《江淮官話音韻研究》，北京：商務印書館。

23. 岑麒祥，1981，《歷史比較語言學講話》，武漢：湖北人民出版社。

24. 李思敬，1985，《音韻》，北京：商務印書館。

25. 李惠綿，2016a，《中原音韻箋釋：韻譜之部》，臺北：國立臺灣大學出版中心。

26. 李惠綿，2016b，《中原音韻箋釋：正語作詞起例之部》，臺北：國立臺灣大學出版中心。

27. 孟慶惠，1961，《安徽方音辨正》，合肥：安徽人民出版社。

28. 孟慶惠，2005，《徽州方言》，合肥：安徽人民出版社。

29. 林燾、耿振生，1997，《聲韻學》，臺北：三民書局。

30. 侯精一主編，2002，《現代漢語方言概論》，上海：上海教育出版社。

31. 段亞廣，2012，《中原官話研究》，北京：中國社會科學出版社。

32. 胡士云，2011，《漣水方言研究》，北京：中華書局。

33. 孫宜志，2006，《安徽江淮官話語音研究》，合肥：黃山書社。

34. 徐昭儉、楊兆泰，1976，《新絳縣志·韓雲傳》卷4，《中國方志叢書》本，華北地方·第423號，臺北：成文出版社。

35. 徐通鏘，1996，《歷史語言學》，北京：商務印書館。

36. 袁家驊等著，1983，《漢語方言概要》，北京：語文出版社。

37. 張斌，1996，《現代漢語》，北京：中央廣播電視大學出版社。

38. 梅祖麟，1995，《吳語與閩語的比較研究》（中國東南方言比較研究叢書第一輯），上海：上海教育出版社。

39. 陳忠敏，2013，《漢語方言語音史研究與歷史層次分析法》，北京：中華書局。

40. 陳新雄，1990，《中原音韻概要》，臺北：學海出版社。

41. 馮法強，2017，《近代江淮官話音韻研究及其明代音系構擬》，北京：科學出版社。

42. 馮青青，2018，《蘇北方言語音研究》，南京：南京大學出版社。

43. 楊耐思，1981，《中原音韻音系》，北京：中國社會科學出版社。

44. 董同龢，1996，《漢語音韻學》，臺北：文史哲出版社。

45. 趙元任原著，丁邦新譯，1994，《中國話的文法》，臺北：臺灣學生書局。

46. 劉俐李，2007，《江淮方言聲調實驗研究和折度分析》，成都：巴蜀書社。

47. 劉鎮發，2004，《從方言比較看官話的形成與演變》，香港：香港藹明出版社。

48. 蔡華祥，2011，《鹽城方言研究》，北京：中華書局。

49. 錢曾怡，2010，《漢語官話方言研究》，濟南：齊魯書社。

50. 鮑明煒主編，1998，《江蘇省志·方言志》，南京：南京大學出版社。

51. 羅美珍、鄧曉華，1995，《客家方言》，福州：福建教育出版社。

52. 譚其驤，1982，《中國歷史地圖集》，北京：中國地圖出版社。

（二）單篇論文

1. Coblin, W. South. 2000a. "The Phonology of Proto-Central Jiāng-Huái: An Exercise of Comparative Reconstruction."收錄於丁邦新、余靄芹編，2000，《語言變化與漢語方言——李方桂先生紀念論文集》，頁 73～140。

2. Coblin, W. South. 2000b. "Late Apicalization in Nankingese." *Journal of Chinese Linguistics* 28, no. 1 (2000): 52～66.

3. Norman, Jerry（羅傑瑞）著，R. VanNess Simmons（史皓元）、張艷紅譯，2011，〈漢語方言通音〉，《方言》2011 年第 2 期，頁 97～116。

4. 丁邦新，2009，〈董同龢先生對語言學的貢獻〉，《台灣語文研究》第 4 期，頁149～158。

5. 卜玉平，1998，〈淮陰方言同音字匯（一）〉，《江蘇教育學院學報（社會科學版)》第 14 卷第 4 期，頁 86～89。

6. 卜玉平，1999，〈淮陰方言同音字匯（二）〉，《江蘇教育學院學報（社會科學版)》第 15 卷第 3 期，頁 72～74。

7. 王旭，2017，〈江淮官話通攝入聲字的讀音類型與演變關係〉，《安慶師範大學學報（社會科學版)》第 36 卷第 6 期，頁 56～58。

8. 朱曉農，2004，〈漢語元音的高頂出位〉，《中國語文》2004 年第 5 期，頁 440～451、480。

9. 朱曉農，2007，〈近音——附論普通話日母〉，《方言》2007 年第 1 期，頁 2～9。

10. 何大安，1994，〈「濁上歸去」與現代方言〉，《聲韻論叢》第 2 期，頁 267～292。

11. 吳瑞文，2009，〈臺灣閩南語本字考證三則〉，《臺灣文學研究集刊》第 5 期，頁163～188。

12. 吳瑞文，2022，〈論現代淮安方言一種後起的舌尖元音及其相關問題〉，《東海中文學報》第 43 期，頁 115～148。

13. 宋韻珊，2007，〈漢語方言中的[uei]韻母研究——以官話區為研究對象〉，《興大中文學報》第 22 期，頁 47～58。

14. 李天群，2021，〈關漢卿〔雙調‧大德歌〕曲律探析〉，《聲韻學會通訊》第 29 期，頁 95～136。

15. 李惠綿，2017，〈從「入派三聲」說到「入代平聲」、「入代三聲」——論入聲字在填詞度曲中之原則與通變〉，《清華中文學報》第 18 期，頁 149～207。

16. 李藍，2006，〈尖團定義與尖團的分混類型〉，《山高水長：丁邦新先生七秩壽慶論文集》，臺北：中央研究院語言學研究所，頁 519～540。

17. 林鴻瑞，2019，〈鹽城方言鼻化韻的形成〉，《聲韻論叢》第 22 期，頁 65～102。

18. 姚榮松，1994，〈中原音韻入派三聲新探〉，《聲韻論叢》第 2 期，頁 25～51。

19. 胡士云，1989，〈漣水方言同音字匯〉，《方言》1989 年第 2 期，頁 131～143。

20. 孫宜志，2011，〈《西儒耳目資》音系研究的幾個主要問題〉，《古籍整理研究學刊》2011 年第 4 期，頁 81～83、17。

21. 陳忠敏，2018，〈吳語、江淮官話的層次分類──以古從邪崇船禪諸聲母的讀音層次為根據〉《漢學研究》第 36 卷第 3 期，頁 295～318。

22. 陳筱琪，2020，〈江淮官話端系字讀塞擦音的語音變化〉，《國文學報》第 67 期，頁 147～170。

23. 曾若涵，2022，〈《正音新纂》中的南京官話音系及其切音設計〉，《漢學研究》第 40 卷第 3 期，頁 251～291。

24. 賀巍，1985，〈河南山東皖北蘇北的官話（稿）〉，《方言》1985 年第 3 期，頁 163～170。

25. 楊秀芳，2000，〈方言本字研究的觀念和方法〉，《漢學研究》第 18 期，頁 111～146。

26. 葉德均，1929，〈淮安方言錄〉，《民俗》第 45 期，頁 32～34。

27. 董同龢，1948，〈華陽涼水井客家話記音〉，《歷史語言研究所集刊》第 19 期，頁 81～201。

28. 趙元任，1929／2015，〈南京音系〉，《科學》第 13 卷第 8 期，頁 1005～1036 頁。後收錄於趙元任，《趙元任語言學論文集》，北京：商務印書館，頁 273～297。亦收錄於清華大學國學研究院主編、孟曉妍選編，《趙元任文存》，南京：江蘇人民出版社，頁 252～274。

29. 趙志靖，2020，〈江蘇方言關係研究概況〉，《現代語文》2020 年第 3 期，頁 52～57。

30. 劉祥柏，2007，〈江淮官話的分區（稿）〉，《方言》2007 年第 4 期，頁 353～362。

31. 蔡華祥，2010a，〈江蘇鹽城步鳳方言語音述略〉，《語文學刊》2010 年第 2 期，頁 36～38。

32. 蔡華祥，2010b，〈論江蘇鹽城步鳳方言的音韻特徵〉，《長春工程學院學報（社會科學版）》第 11 期卷第 3 期，頁 67～70。

33. 鄭張尚芳，1986，〈皖南方言的分區（稿）〉，《方言》1986 年第 1 期，頁 8～18。

34. 黎新第，1995，〈近代漢語共同語語音的構成、演進與量化分析〉，《語言研究》第 29 期，頁 1～23。

35. 蘇曉青，1992，〈鹽城語音與北京語音的比較〉，《徐州師範學院學報（哲學社會科學版）》1992 年第 1 期，頁 145～147。

36. 蘇曉青，1993，〈江蘇省鹽城方言的語音〉，《方言》1993 年第 2 期，頁 121～128。

37. 顧黔，1993，〈論鹽城方言山兩攝舒聲與陰聲韻的關係〉，《徐州師學報（哲學社會科學版）》1993 年第 1 期，頁 84～86。

（三）研究報告

1. 吳瑞文，2023，〈原始淮安方言音韻系統擬測及相關問題探討〉，國家科學及技術委員會補助專題研究計畫報告（計畫編號：MOST 110-2410-H-001-044-），臺北：中央研究院語言學研究所。

（四）學位論文

1. 王海燕，2007，《江蘇省北部中原官話與江淮官話分界再論》，蘇州：蘇州大學博士論文。
2. 石紹浪，2007，《江淮官話入聲研究》，北京：北京語言大學碩士論文。
3. 吳波，2004，《合安方言音韻研究》，上海：復旦大學碩士論文。
4. 貢貴訓，2010，《安徽淮河流域方言語音比較研究》，保定：河北大學博士論文。
5. 張苗，2007，《〈西儒耳目資〉音系及相關問題研究》，蘇州：蘇州大學碩士論文。
6. 劉存雨，2012，《江蘇江淮官話音韻演變研究》，蘇州：蘇州大學博士論文。

（五）網路資源

1. Google 地圖 https://www.google.com.tw/maps（檢索日期：2023/01/12）
2. 教育部重編國語辭典修訂本 http://dict.revised.moe.edu.tw/cgi-bin/cbdic/gsweb.cgi?ccd=KGYDT4&o=e0&sec=sec1&index=1（檢索日期：2023/01/15）

附錄　田野調查語料

地點：視訊田野調查

錄音時間：2022/10/03

發音人：陳榮思先生

年齡：21 歲

原籍：江蘇省鹽城市亭湖區黃尖鎮

職業：應屆畢業生，入職一個月

教育程度：大專

幼年語言環境：鹽城話為主，普通話為輔

父親的籍貫：江蘇鹽城

母親的籍貫：江蘇鹽城

住過的地方：出生至此居於江蘇鹽城

調查及記音人：李天群

編號	例　字	田野 2022
1	多	to53
2	他	tʰɑ53
3	大	tɑ14
4	羅 / 鑼	lɔu313
5	左	tsɔu44
6	歌 / 哥	ku53
7	鵝	ə313
8	可	kʰɔu44
9	我	uɔ14 / ŋ44
10	何 / 河	xɔ313
11	個	kə14

12	餓	ə53
13	茄	tɕʰia313
14	破	pʰu14
15	薄	pɑ5
16	婆	pʰu313
17	磨	mu313
18	躲	tɔ44
19	螺	lɔu53
20	坐	tsɔ5
21	鎖	sɔu44
22	鍋	kɔu53
23	果	kɔu44
24	過	kɔu14
25	火	xɔu44
26	窩	ɔu53
27	瘸	tɕʰia313
28	靴	ɕy53
29	爬	pʰɑ313
30	馬	mɑ44
31	麻	mɑ313
32	茶	tsʰɑ313
33	沙	sɑ53
34	家	kɑ53
35	加	tɕia53
36	假	tɕia44
37	嫁	tɕia14
38	牙	ɑ313
39	下	ɕia14
40	夏	ɕia14
41	啞	ɑ44
42	借	tɕia14
43	寫	ɕi44

44	斜	tɕʰia14
45	謝	ɕi14
46	車	tɕʰi53
47	蛇	si313
48	射	si14
49	社	si14
50	遮	tɕi44
51	夜	ia53
52	耍	suɑ44
53	瓜	kuɑ53
54	花	xuɑ53
55	化	xuɑ14
56	布	pu14
57	鋪	pʰu53
58	部文／簿	pu14
59	步	pu14
60	奴	nɔu313
61	路	lɔu53
62	圖	tʰɔu313
63	肚	tɔu44
64	吐	tʰɔu44
65	兔	tʰɔu14
66	杜	tɔu44
67	祖	tsɔu44
68	醋	tsʰɔu14
69	蘇	sɔu14
70	苦	kʰɔu44
71	褲	kʰɔu14
72	吳	ɔu313
73	五	ɔu44
74	胡／湖	xɔu313
75	虎	xɔu44
76	女	ny44

77	呂	ly44
78	徐	ʂʅ14
79	疏 / 梳	sɔu53
80	豬	tsɔ53
81	初	tsʰɔu53
82	煮	tsɔu44
83	書	sɔu53
84	鼠	sɔu44
85	魚	y313
86	鋸	tɕy14
87	去	tɕʰy53
88	許	ɕy44
89	斧	fu44
90	舞	ɔu44
91	霧	ɔu14
92	住	tsɔu14
93	柱	tsɔu14
94	朱	tsɔu53
95	數	sɔu44
96	主	tsɔu44
97	輸	sɔu53
98	樹	sɔu14
99	句	tɕy14
100	雨	y44
101	芋	y53
102	胎	tʰe53
103	戴	te14
104	代	te14
105	袋	te14
106	來	le313
107	災	tse53
108	菜	tsʰe14
109	財	tsʰe313

110	在	tse14
111	改	ke44
112	開	kʰe53
113	海	xe44
114	愛	e14
115	貝	pi44
116	帶	te14
117	泰 / 太	tʰe44
118	賴	le14
119	蔡	tsʰe14
120	蓋	ke14
121	艾	e14
122	害	xe14
123	排	pʰe313
124	埋	me313
125	階	tɕie53
126	界	ke14
127	芥	-
128	牌	pʰe313
129	買	me44
130	賣	me53
131	奶	ne44
132	晒	se14
133	柴	tsʰe313
134	街	ke53
135	鞋	xe313
136	解	tɕie44
137	矮	e44
138	債	tse14
139	敗	pe14
140	屬	zʅ14
141	祭 / 際	tʂʅ14
142	制	tsʅ14
143	世	sʅ14

144	誓	sʅ14		177	拐	kue53
145	藝	zʅ14		178	掛	kua14
146	批	pʰəʔ4		179	歪	ve53
147	米	nə44		180	畫	xua14
148	閉	pʰəʅ14		181	話	xua53
149	低	tʂʅ53		182	肺	fi14
150	梯	tʂʰʅ53		183	歲	sui14
151	弟	tʂʅ53		184	稅	sui14
152	泥	nən313		185	廢	fi14
153	犁	zʅ313		186	桂	kui14
154	西	ʂʅ53		187	惠／慧	xui14
155	洗	ʂʅ44		188	皮	pʰəʅ313
156	細	ʂʅ14		189	被	pi14
157	齊	tʂʰʅ313		190	刺	tsʰʅ313
158	雞	tʂʅ53		191	紫	tsʅ44
159	契	tɕʰi53		192	知	tsʅ53
160	計	tʂʅ14		193	池	tsʰʅ313
161	杯	pi53		194	枝	tsʅ53
162	背	pi53		195	紙	tsʅ44
163	陪／賠	pʰi313		196	是	sʅ53
164	煤	mi313		197	兒	ə313
165	妹	mi14		198	奇／騎	tʂʰʅ313
166	推	tʰi53		199	蟻	zʅ44
167	腿	tʰi44		200	寄	tʂʅ14
168	對	tə14		201	戲	ʂʅ14
169	罪	tsui14		202	椅	zʅ44
170	碎	sui14		203	比	pəʅ44
171	塊	kʰue14		204	屁	pʰəʅ14
172	回	xui313		205	眉	mi313
173	外	ve53		206	美	mi44
174	會	xui14		207	鼻	piʔ4
175	外	ve14		208	地	tʂʅ53
176	懷／淮	xue313		209	梨	zʅ313

210	離	ẓ̩313		242	醫	z̩53
211	利	li14		243	幾	tʂ̩44
212	姊	tsɿ44		244	氣	tʂʰ̩14
213	次	tsʰɿ14		245	稀	ʂ̩53
214	四	sɿ14		246	衣	z̩53
215	死	sɿ44		247	累	li33
216	指	tsɿ44		248	嘴	tsui33
217	師／獅	sɿ53		249	吹	tʂʰui53
218	屎	sɿ44		250	跪	kui14
219	二	ə53		251	睡	çyi14
220	姨	ẓ̩313		252	淚	li14
221	你	ni44		253	醉	tsui14
222	里	ẓ̩44		254	追	tʂui53
223	子	tsɿ44		255	槌	tʂʰui313
224	字	tsɿ14		256	誰	ʂui313
225	絲	sɿ53		257	水	ʂui44
226	痔	tsɿ14		258	龜	kui53
227	柿	sɿ14		259	季	tʂ̩14
228	事	sɿ53		260	櫃	kui14
229	使	sɿ44		261	位	vi14
230	齒	tsʰɿ44		262	飛	fi53
231	市	sɿ14		263	肥	fi313
232	試	sɿ14		264	尾	vi44
233	時	sɿ14		265	味／未	vi14
234	耳	ə44		266	歸	kui53
235	棋／旗	tʂʰ̩313		267	鬼	kui44
236	基	tʂ̩53		268	貴	kui14
237	欺	tʂʰ̩53		269	揮／輝	xui53
238	起	tʂʰ̩44		270	魏	vi14
239	記	tʂ̩14		271	胃	vi14
240	忌	tʂ̩14		272	圍	vi313
241	疑	ẓ̩313		273	毛	mə313
				274	抱	pə14
				275	報	pʰə53

276	刀	tə53
277	桃	tʰə313
278	倒	tə14
279	老	lə44
280	腦	nə44
281	早	tsə44
282	棗	tsə44
283	草	tsʰə44
284	嫂	sə44
285	掃	sə44
286	高	kə53
287	考	kʰə44
288	好	xə44
289	號	xə14
290	包	pə53
291	飽	pə44
292	跑	pʰə44
293	炮	pʰə14
294	貓	mə53
295	罩	tsə14
296	鬧	nə14
297	找	tsə14
298	炒／吵	tsʰə44
299	抄	tsʰə53
300	教	tɕiə53
301	交	tɕiə53
302	敲	tɕiə53～鑼打鼓 kʰə53～門
303	巧	tɕʰiə44
304	咬	iə44
305	孝	ɕiə14
306	校	ɕiə14

307	表	piə44
308	秒	miə44
309	廟	miə14
310	小	ɕiə44
311	笑	ɕiə14
312	超	tsʰə53
313	趙	tsə14
314	照	tsə14
315	招	tsə53
316	燒	sə53
317	少	sə44
318	橋	tɕʰiə313
319	轎	tɕiə14
320	腰	iə53
321	搖	iə313
322	釣	tiə14
323	條	tʰiə313
324	跳	tʰiə14
325	鳥	niə44
326	尿	niə14
327	了	liə44
328	料	liə14
329	蕭	ɕiə53
330	叫	tɕiə14
331	母	mu44
332	偷	tʰɯ53
333	頭	tʰɯ313
334	豆	tɯ14
335	樓	lɯ313
336	漏	lɯ53
337	走	tsɯ44
338	勾	kɯ53

339	沟	kɯ53
340	狗	kɯ44
341	夠	kɯ14
342	口	kʰɯ44
343	猴	xɯ313
344	後 / 后文	xɯ14
345	厚	xɯ53
346	浮	fu313
347	婦	fu14
348	富	fu53
349	劉 / 流	liɯ313
350	柳	liɯ44
351	廖	liə14
352	酒	tɕiu44
353	秋	tɕʰiu53
354	抽	tsʰɯ53
355	周	tsɯ53
356	丑	tsʰɯ44
357	手	sɯ44
358	臭	tsʰɯ14
359	柔	lɯ313
360	九	tɕiu44
361	舅	tɕiu14
362	歸	kui14
363	牛	niu14
364	優	iu53
365	油 / 游	iu313
366	有	iu44
367	右	iu14
368	丟	tiu53
369	貪	tʰiɛ53
370	南	niɛ313
371	男	niɛ313

372	蠶	tɕʰiɛ313
373	含	xiɛ313
374	暗	iɛ14
375	雜	tɕiɛʔ4
376	鴿	kuʔ4
377	膽	tiɛ44
378	淡	tiɛ14
379	藍 / 籃	liɛ313
380	三	çiɛ53
381	甘	kiɛ53
382	敢	kiɛ44
383	喊	xiɛ44
384	塔	tʰiɛʔ4
385	站車~	tɕiɛ14
386	站~立	tɕiɛ14
387	減	tɕiɛ44
388	咸	çiɛ313
389	插	tɕʰiaʔ4
390	夾	kiɛʔ4
391	監	tɕiɛ53
392	甲	tɕiɛʔ4
393	鴨	iaʔ4
394	壓	iaʔ4
395	黏	li313
396	尖	tɕi53
397	閃	çie44
398	染	lie44
399	鉗	tɕʰi313
400	淹	i53
401	臉	li44
402	鹽	i313
403	接	tɕiʔ4

404	叶	iʔ4
405	劍	tɕi14
406	嚴	i313
407	業	iʔ4
408	點	ti44
409	甜	tʰi313
410	店	ti14
411	念	ni14
412	嫌	ɕi313
413	迭	tiʔ4
414	貼	tʰiʔ4
415	犯	fiɛ14
416	法	feʔ4
417	林	lin313
418	心	ɕin53
419	沈	tsʰən313
420	深	sən53
421	針	tsən53
422	枕	tsən44
423	金 / 今	tɕin53 / kən53
424	琴	tɕʰin313
425	陰	in53
426	粒 / 立	liʔ4
427	集	tɕiʔ4
428	習	ɕiʔ4
429	汁	tsəʔ4
430	濕	səʔ4
431	十	səʔ4
432	入	ləʔ4
433	急	tɕiʔ4
434	及	tɕiʔ4
435	吸	ɕiʔ4

436	單	tiɛ53
437	炭	tʰiɛ14
438	彈	tʰiɛ313 tiɛ14
439	蛋	tiɛ44
440	難	niɛ313
441	爛	liɛ53
442	傘	siɛ44
443	散	siɛ14
444	肝	kiɛ53
445	看	kʰiɛ14
446	安	iɛ53
447	汗	xiɛ53
448	按	iɛ14
449	辣	liɛʔ4
450	割	kuʔ4
451	渴	kʰuʔ4
452	喝	xuʔ4
453	八	piɛʔ4
454	山	ɕiɛ53
455	殺	ɕiɛʔ4
456	間	tɕiɛ53
457	眼	iɛ44
458	閑	ɕiɛ313
459	板	piɛ44
460	慢	miɛ53
461	顏	iɛ313
462	雁	i14
463	瞎	xiɛʔ4
464	棉	mi313
465	變	pi14
466	連	li313

467	剪	tɕi44
468	淺	tɕʰie44
469	癬	ɕi44
470	錢	tɕʰi313
471	線	ɕi14
472	扇	sie14
473	件	tɕi14
474	演	i44
475	箭	tɕi14
476	列	liʔ4
477	浙	tsiʔ4
478	舌	siʔ4
479	熱	liʔ4
480	建	tɕi14
481	邊	pi53
482	片	pʰi14
483	面	mi53
484	扁	pi44
485	天	tʰi53
486	田	tʰi313
487	電	ti14
488	年	ni313
489	千	tɕʰi53
490	前	tɕʰi313
491	先	ɕi53
492	肩	tɕi53
493	見	tɕi14
494	烟	i53
495	燕	i53 姓氏 i14～子
496	鐵	tʰiʔ4
497	節	tɕiʔ4
498	切	tɕʰiʔ4

499	結	tɕiʔ4
500	半	pu14
501	盤	pʰu313
502	短	tu44
503	團	tʰu313
504	斷	tu14
505	亂	lu53
506	鑽	tsu53
507	酸	su53
508	算	su14
509	蒜	su14
510	官	ku53
511	寬	kʰu53
512	管／館	ku44
513	碗	u44
514	歡	xu53
515	換	xu53
516	罐	ku14
517	灌	ku14
518	潑	pʰuʔ4
519	脫	tʰuʔ4
520	闊	kʰuʔ4
521	活	xuʔ4
522	滑	xuɛʔ4
523	挖	viɛʔ4
524	關	kuɛ53
525	彎	uɛ53
526	還	xuɛ14
527	刷	ɕyɛ44
528	全	tɕhiu313
529	選	ɕiu44
530	轉	tsu14
531	專／磚	tsu53
532	穿	tɕʰy53

533	船	tɕʰy313
534	串	tsʰu14
535	軟	lu44
536	卷	tɕiu44
537	拳	tɕʰiu313
538	圓	iu313
539	院	iu53
540	捐	tɕiu53
541	雪	suiʔ4
542	絕	tsuiʔ4
543	說	suʔ4
544	反	fiɛ44
545	翻	fiɛ53
546	晚	viɛ44
547	飯	fiɛ14
548	萬	viɛ14
549	勸	tɕʰiu14
550	元	iu313
551	遠	iu44
552	園	iu313
553	冤	iu53
554	怨／願	iu53
555	髮／發	fiɛʔ4
556	罰	fiɛʔ4
557	襪	viɛʔ4
558	月	iuʔ4
559	縣	ɕi14
560	血	ɕiuʔ4
561	缺	tɕʰiuʔ4
562	吞	tʰən53
563	根	kən53
564	根／跟	kən53
565	很	xən44

566	恨	xən14
567	貧	pʰin313
568	民	min313
569	鱗／鄰	lin313
570	進	tɕin14
571	新	ɕin53
572	信	ɕin14
573	鎮	tsən14
574	陳	tsʰən313
575	神	sən313
576	人	lən313
577	巾	tɕin53
578	緊	tɕin44
579	銀	in313
580	筆	piʔ4
581	密／蜜	miʔ4
582	栗	liʔ4
583	七	tɕʰiaʔ4
584	虱	-
585	實	səʔ4
586	日	ləʔ4
587	一／乙	iʔ4
588	斤	tɕin53
589	芹	tɕʰin313
590	近	tɕin14
591	乞	ʐʅ44
592	本	pun44
593	盆	pʰun313
594	門	mun313
595	嫩	nun14
596	村	tsʰun53
597	寸	tsʰun14
598	孫	sun53

599	滾	kun44		632	樂	laʔ4
600	婚	xun53		633	惡	aʔ4
601	溫	un53		634	涼	lia14
602	不	pəʔ4		635	兩	le44
603	窟	kʰəʔ4		636	亮	lia14
604	輪	lun313		637	娘	niã313
605	筍	sun44		638	墙	tɕʰia313
606	準	tʂun44		639	搶	tɕʰia44
607	春	tʂʰun53		640	張	tsa53
608	潤／閏	lun53		641	長／腸	tsʰa313
609	均	tɕyn53		642	庄	tʂua53
610	律	lyʔ4		643	霜	ʂua53
611	出	tʂʰuəʔ4		644	唱	tsʰa14
612	橘	tɕyʔ4		645	上	sa53
613	分	fən53		646	箱	ɕia53
614	粉	fən44		647	姜	tɕia53
615	文	vən313		648	強	tɕʰia14
616	問	vən53		649	香／鄉	ɕia53
617	軍	tɕyn53		650	羊／楊／陽	ia313
618	裙／群	tɕʰyn313		651	癢	ia44
619	云	yn313		652	讓	la53
620	物	vəʔ4		653	削	ɕiəʔ4
621	幫	pa53		654	雀	tɕʰiaʔ4
622	忙	ma313		655	腳	tɕiaʔ4
623	湯	tʰa53		656	藥	iaʔ4
624	糖	tʰa313		657	約	iaʔ4
625	倉	tsʰa53		658	光	kua53
626	康	kʰa53		659	黃	xã313
627	行銀~	xa313		660	廣	kua44
628	博	paʔ4		661	郭	kuaʔ4
629	錯	tsʰəʔ4		662	霍	xuəʔ4
630	落	laʔ4		663	方	fa53
631	作	tsaʔ4		664	放	fa14
				665	房	fa313

666	網	va44
667	忘	va53
668	狂	kʰua313
669	王	va313
670	鐝	tɕiu44
671	胖	pʰa14
672	窗	tsʰua53
673	雙	sua53
674	江	tɕia53
675	講	tɕia44
676	港	ka44
677	巷	ɕia44
678	剝	paʔ4
679	桌	tʂuaʔ4
680	角	tɕiaʔ4
681	學	ɕiaʔ4
682	崩	poŋ53
683	朋	pʰoŋ313
684	燈	tən53
685	等	tən44
686	鄧	tən14
687	曾	tsən53
688	層	tsʰən313
689	北	pɔʔ4
690	得	təʔ4
691	賊	tsi14
692	刻	kʰəʔ4
693	黑	xəʔ4
694	冰	pin53
695	蒸	tsən53
696	繩	sən313
697	剩	sən14
698	蠅	in313

699	升	sən53
700	鷹	in53
701	力	liʔ4
702	直	tsəʔ4
703	色	səʔ4
704	織	tsəʔ4
705	食	səʔ4
706	國	kɔʔ4
707	彭	pʰoŋ313
708	孟	moŋ14
709	打	tɔ44
710	冷	lən44
711	生	sən53
712	更	kən53
713	更三~半夜	kən53
714	坑	kʰən53
715	硬	ən53
716	行	ɕin313
717	百	pɔʔ4
718	伯	pɔʔ4
719	白	pɔʔ4
720	拆	tʂʰəʔ4
721	客	kʰaʔ4
722	額	əʔ4
723	爭	tsən53
724	耕	kən53
725	幸	ɕin14
726	麥	mɔʔ4
727	摘	tsəʔ4
728	冊	tsʰəʔ4
729	隔	kɔʔ4
730	兵	pin53

731	平	pʰin313
732	病	pin14
733	命	min53
734	明	min313
735	京	tɕin53
736	鏡	tɕin14
737	英	in53
738	影	in44
739	餅	pin44
740	名	min313
741	岭／領	lin44
742	井	tɕin44
743	清	tɕʰin53
744	請	tɕʰin44
745	姓	ɕin14
746	程	tsʰən313
747	鄭	tsən14 tən53 鄭州
748	正	tsən14
749	聲	sən44
750	城	tsʰən14
751	輕	tɕʰin53
752	贏	in313
753	惜	ɕiʔ4
754	席	ɕiʔ4
755	尺	tsʰəʔ4
756	石	səʔ4
757	益	iʔ4
758	瓶	pʰin313
759	丁	tin53
760	釘	tin53
761	聽	tʰin53
762	廳	tʰin53

763	停	tʰin313
764	定	tin14
765	星	ɕin53
766	壁	piʔ4
767	滴	tiʔ4
768	踢	tʰiʔ4
769	吃	tɕʰiəʔ4
770	橫	xən14
771	兄	ɕioŋ53
772	榮	loŋ313
773	永	ioŋ44
774	營	in313
775	穫	xɔ44
776	東	toŋ53
777	桶	tʰoŋ44
778	動	toŋ14
779	洞	toŋ14
780	聾	loŋ313
781	蔥	tsʰoŋ44
782	送	soŋ14
783	公	koŋ53
784	空	kʰoŋ53 kʰoŋ14～白
785	紅	xoŋ313
786	木	moʔ4
787	讀	toʔ4
788	族	tsoʔ4
789	鹿	loʔ4 lo14
790	哭	kʰoʔ4
791	屋	oʔ4
792	冬	toŋ53
793	農	noŋ313

794	宋	soŋ14
795	毒	toʔ4
796	風	foŋ53
797	馮	foŋ313
798	夢	moŋ53
799	中	tsoŋ53
800	蟲	tsʰoŋ313
801	弓	koŋ53
802	窮	tɕʰioŋ313
803	熊／雄	ɕioŋ313
804	腹	foʔ4
805	目	moʔ4
806	六	loʔ4
807	陸	loʔ4
808	竹	tsoʔ4
809	叔	soʔ4
810	熟	soʔ4
811	肉	loʔ4
812	菊	tɕioʔ4
813	縫／縫	foŋ14 foŋ313
814	龍	loŋ313
815	從	tsʰoŋ313
816	重~復	tsʰoŋ313
817	重輕~	tsoŋ14
818	種／種	tsoŋ44 tsoŋ313
819	鐘	tsoŋ53
820	恭	koŋ53
821	共	koŋ14
822	胸	ɕioŋ53

823	用	ioŋ53
824	勇	ioŋ44
825	綠	loʔ4
826	足	tsoʔ4
827	俗	soʔ4
828	燭	tsoʔ4
829	束	soʔ4
830	辱	loʔ4
831	曲	tɕʰyʔ4
832	局	tɕioʔ4
833	玉	y14
834	浴	yʔ4